ひと

小野寺史宜

祥伝社文庫

目次

一人の秋 5
一人の冬 88
一人の春 165
夏 253
解説 中江有里《なかえゆり》 325

一人の秋

砂町銀座《すなまちぎんざ》。

アーチに大きくそう書かれている。文字の上部にはめ込まれた時計の針は二時を指す。

二本の柱のわきには車両進入禁止の交通標識。赤丸に白い横棒のあれだ。その下には黒文字で、自転車を除く、とある。

十月。見上げる空は青い。アーチをくぐり、商店街に入る。歩行者と自転車をよけながら、狭い道をトボトボ歩く。東京に来てまだ一年半なのに、いつの間にかそんな芸当ができるようになっている。

腹が減った。昨日の午後六時にイオンのＰＢ《プライベートブランド》カップ麵《めん》を食べたのが最後。考えたら、二十時間食べてない。

そこへ、何とも言えない匂いが漂ってくる。花や香水ではない。食べもの。揚げもの。食べ歩きで有名なこの商店街には焼鳥屋や惣菜《そうざい》屋が多い。タレや油の匂いがいつもしている。

揚げ。たぶん、人類がしたなかでもかなり高度な部類の発明。火を発見して、熱《あつ》っ！　となれば、肉や魚を焼くことは思いつく。でもそこから揚げにたどり着くまでには長い時間がかかるだろう。そしてたどり着いたとき、人類は今後のさらなる飛躍を予感したはずだ。あまりうまくないものでもとりあえず揚げれば食えちゃうんじゃないか？　と。

揚げものの匂いは独特だ。錯覚ではあろうが、油の熱までもが同時に感じられる。軒先《のきさき》に揚げものを並べてる店からは、微《かす》かに熱風が吹いてきているようにさえ感じられる。

そして今、目を向けると、商品陳列台は一面のキツネ色。僕はトボトボ歩きのままそちらへ吸い寄せられ、立ち止まる。

トレーや大皿に、各種揚げものが載せられている。ロースにヒレにチキンにメンチ。カツカツカツカツ。よく見れば、鶏《とり》の唐揚げやイカのゲソ揚げもある。自覚していた空腹が一気にピークを迎える。こうなったらしかたない。

パンツの後ろのポケットから財布を取りだす。高三のときからつかってる二つ折りの黒財布だ。天然皮革どころか人工皮革ですらない。キャンバス地。

なかを見る。ぎょっとした。お札がないのはいいとして。硬貨も二枚しかない。穴あきの二種で、五十五円。

おととい、イオンスタイルでトイレットペーパーを買った。少しでも割よくということで、十二ロール入りではなく十八ロール入り。どうにか持ち金で収まったと安堵《あんど》した。昨日は昼も夜も買い置きのPBカップ麺ですませたため、お金をつかうことがなかった。だから五十五円しかないこと自体を忘れていた。

このところ、ずっとこうだ。ものを考えない。ひたすらぼんやりする。これじゃマズいと外に出れば、ひたすらトボトボ歩く。

引き返せば、丸八《まるはち》通りを渡ったところに郵便局がある。ATMもある。が、できればお金を下ろしたくない。

食費は一日五百円、一ヵ月で一万五千円、と決めた。それを最初の月から破りたくない。一度破るとそのままズルズルいきそうでこわい。僕の場合、大げさでも何でもなく、そのズルズルが致命傷になるのだ。

各種揚げものを前に考える。どうしよう。さすがに五十五円で買えるものはないよなあ。

あった。

コロッケだ。陸上競技の四百メートルトラックをキュッと詰めたようなあの形の、コロッケ。何と、五十円。

計算する。税抜き表示だとしても、五十四円。収まる。一円お釣りがくる。

並べられたなかでは一番安いからか、残り一個。

「すいません」

「はいよ」

店主らしき人が寄ってきてくれる。調理白衣に白い帽子。六十代半《なか》ばぐらいの男性だ。

「コロッケを」という僕の声に、横から来たおばあちゃんの声がかぶさる。

「コロッケとハムカツとあじフライ」

推定年齢七十五歳。それにしては動きが速い。獲物を狙《ねら》う鷹《たか》のようなおばあちゃんだ。

「あっ」とつい言ってから、続ける。「えーと、先、どうぞ」

おばあちゃんがこちらを見る。僕は会釈《えしゃく》をする。おばあちゃんはにっこり笑って、ありがとう、とは言わない。何なのよ、という目を向けるだけ。

「コロッケとハムカツとあじフライ。一個ずつね？」

「そう」

店主らしき人は三品を手際よく透明なパックに詰める。

「ソース、持ってく？」

「いらない。余っちゃうから」

「了解」

支払いをすませ、おばあちゃんは勝者の足どりで去っていく。

「あらしたぁ」と店主らしき人が言う。次いで僕に。「はい、お待たせ。何にする？」

「コロッケは、ないんですよね？」と未練がましく言う。

「ごめん。今のが最後の一個。また揚がるけど、十五分はかかるかな」

十五分。電車なら渋々待つ時間だが、コロッケだとどうか。

「メンチもうまいよ。ウチの隠れた一番人気。って、別に隠してないけど」

白い厚紙にマーカーペンで書かれた値段を見る。

「百二十円」

「でもデカいでしょ？」

「デカいです」と素直に同意する。

「一個でご飯一杯、いや、二杯はいけちゃうよ」

いけそうだ。金欠という慢性疾患《しっかん》を抱える僕なら、確実にいける。

「どう？　メンチ」

「ちょっと無理です」

「若い人はあれか、臭いを気にするか」

「そうじゃないですけど」

「じゃ、味がきらい？」

「いえ。味も好きです。ただ、お金が」変に警戒されないよう言い足す。「あの、下ろし忘れちゃって」

「何だ、そういうことか。百二十円もないの？」

「はい」

「いくらある？」

　わかっているのに財布を開き、もう一度なかを見る。

「五十五円、です」

「五十五円かぁ。よし。負けてやるよ」

「え？」

「今のお客さんにコロッケを譲ってくれたから、メンチ、五十五円」

「でも」

「いや、きりよく五十円でいいや」

「だったら五十五円でいいです」

「いいよ。財布がすっからかんになるのも不安だろ？　五円じゃ何も買えないけど、残しときな。ご縁を残すってのは語呂もいいしな。ウチとの縁も残して、また今度買いに来てよ」

「じゃあ、そのときに差額を払います」

「いいって。それじゃおれが無理やり高いものを売りつけたことになっちゃう。貸しなんてつくりたくないよ」

そして店主らしき人は奥の厨房《ちゅうぼう》に声をかける。

「おい、エイキ。メンチ揚がるか?」

「今揚がります」とそのエイキさんが返事をする。二十代前半ぐらいの人だ。

「じゃ、兄さん、どうせなら熱々を食いな」

エイキさんが五つほどのメンチを載せた銀色のトレーを渡す。店主らしき人はその一つをトングでつかみ、油が染《し》みない小さな紙袋に入れて、こちらに差しだす。

「ほい。揚げたても揚げたて。熱いから気をつけて」

五十円を渡し、メンチを受けとる。紙袋越しに熱が伝わってくる。衣《ころも》の内側は相当熱いだろう。メンチには肉汁がある。コロッケより危険かもしれない。

「ここで食べちゃっていいんですか?」

「うん。歩きながらだと迷惑になるから困るけど、店の前ならいいよ」

それでも隅《すみ》に寄り、店主らしき人にいただきますを言う。慎重に食べる。

歯が衣をゆっくりと突き破る。サクッとではない。パリッとしている。いや、パリッとは春巻だから、カリッとか。予想どおり、じゅわぁっとくる。肉汁なのか油なのかわからない。食べ進める。カリカリの衣で上あごが擦《す》れる。焼ける。うまい。

「あぁ」と声が出る。

揚げものに限らない。出来たての食べものを久しぶりに食べた気がする。最近外食はしてない。自炊《じすい》もしてない。食べるのは弁当におにぎりにカップ麵。レンジで温めたものは出来たてとは言えない。本物の出来たては、温かいのではない。熱いのだ。レンジでだって、バカみたいに熱くすることはできる。でもそれはただ熱いだけ。味との調和はない。

「兄さんはうまそうに食べるね」と言われ、

「ほんとにうまいです」と応《こた》える。

「揚げたてはいけるだろ?」

「いけます」

「この時間だと、何、昼メシ?」

「はい。お腹《なか》、ムチャクチャ空《す》いてました」

「それが一番だよな。空腹は最良のソースだって言うし。で、今さらだけど。ほら、そこにソースもあるよ」

見れば、商品陳列台の反対の端にその容器が置かれている。ご自由にどうぞ、ということらしい。

「だいじょうぶです。ソースはかけないので」

「そうか」

「はい。かけると、結局はソースの味になっちゃうような気がして」

なかにはソースをビタビタかける人もいる。キツネ色を全面ソース色に変えなければ気がすまない人もいる。それはそれでうまい。でも僕はコロッケそのもの、メンチそのものの味を楽しみたい。

なおもメンチを食べながら視線を上げて店の看板を見る。白地に黒文字でこうある。

おかずの田野倉《たのくら》。

そして柱の貼り紙に目が留まる。それまでは背景でしかなかったものが、背景でなくなる。ただの白い紙。アルバイト募集と書かれている。やはり黒のマーカーペンによる手書き。時給は九百五十円。時間は応相談。

これまで、アルバイトはネットで探すことが多かった。目星をつけた店を応募前に視察する。そのくらいのことはした。が。店の貼り紙を見て即応募、はしたことがない。

ご縁を残す、という先の言葉が頭に浮かぶ。ご縁。そんなものは本当にあるのか。

メンチは残り三分の一。あれこれ考えずに言う。

「あの」

「ん？」

「働かせてください」

「いいよ、そんな。七十円負けただけだろ」

勘《かん》ちがいされた。負けてもらった七十円分働かせてください。そんな意味にとられたらしい。

「あ、そうじゃなくて。その貼り紙」

「あぁ。アルバイト」

「はい」

「学生だと、ウチはちょっと厳しいな。時間は応相談て書いちゃったけど、短いのは困るし、急に休まれんのも困る」

「それはないと思います。というか、ないです。もう学生じゃないので」

「今いくつ？」

「二十歳です」

「フリーター？」

「みたいなものです。ちょうど仕事を探してて」

これはうそ混じりだ。探さなきゃと思いつつ、真剣に探してはいなかった。心の整理がつかないまま、無為な毎日を過ごしていた。一刻も早く動くべきだとわかってはいたのに。

「もうってことは、やめちゃったの？　学校」

「はい。いろいろ事情がありまして」

「事情」

どんな？　とは訊《き》かれない。自ら言う。

「でも借金があるとか何かで捕まったとか、そういうことではないです」

「そんなことは思ってないけど。今、どこに住んでる？」

「近くです。南砂《みなみすな》。歩いて十分で来れます」

「週五とかで入れる？」

「はい。むしろそれでお願いしたいです。フルの感じで」

「調理の経験は？」

「ないです。マズいですか？」

「いや、それはいい。ただ、立ち仕事だけど、だいじょうぶ？」

「はい。カフェでならアルバイトをしたこともありますし」

「そのときも、調理はしなかった？」

「そうですね。コーヒーを淹《い》れるくらいで、調理というほどの調理は」

「でもいらっしゃいませとありがとうございましたは言えるか」

「はい」

「採用するとして。いつから来られる？」

「明日からでも。何なら今からでも」

「ウチみたいな店でも、一応、履歴書は出してもらうから、今からは無理だな。明日持ってきてよ。書式は適当でいいから。ただし、うそは書かないで」

「はい」

「おれは田野倉ね」

「店主さん、ですよね？」

「そう。君は、何くん？」

「柏木です」

「カシワギくんか」田野倉さんは冗談混じりに言う。「ほんとに借金はなくて、捕まってもいないね？」

「はい」

「じゃあ、これも食いな。同じく揚げたて」

田野倉さんはハムカツの一枚を紙袋に入れて渡してくれる。

「いいんですか？」

「いいよ。ウチも人手はほしいから」

「すいません。いただきます」

「さっきも言ったけど、歩き食いはやめてな。どっか邪魔になんないとこで食って。じゃ、明日、待ってるから」

「あの、時間は」

「あぁ、そうだ。えーと、三時にしとくか。そんなら忙しくない」

「わかりました。よろしくお願いします」

「はいよ。こっちもよろしく」

一礼して、去る。

わき道に入り、ここなら人通りもないからいいだろうとハムカツを食べる。なかのハムが僕好み。ちょうどいい。薄すぎず、厚すぎない。で、熱すぎる。うますぎる。


始まりが何だったかと言えば、父の死だ。

何の始まりかは自分でもよくわからない。不運なのか何なのか。とにかく始まってしまった。

父は柏木義人《よしと》。三年前の十一月に亡くなった。僕が高二のときだ。

車の事故。いきなりだった。こうも重いものがこうもいきなりきてしまうのかと、その意味でも衝撃を受けた。

事故といっても、対向車との衝突ではない。自損。

幸い、とその言葉が適切かどうかわからないが、目撃者がいた。父は車道に飛び出してきた猫をよけようとしたらしい。急ハンドルを切ったその先に電柱があった。事故現場に猫の姿はなかった。つまり、逃げのびた。路面にはタイヤの跡だけが残された。

父は料理人。その日は居酒屋で働いていた。店からの帰り道。飲酒運転ではなかった。体からアルコールは検出されなかった。それだけはよかったと言わなきゃね、と母竹代《たけよ》は言った。葬儀を終え、二人きりになったときに。泣き腫《は》らした目で僕を見て。

保険金は無事下りた。人身傷害の死亡保険金が三千万円。それと、共済の死亡保険金が少し。そのとき初めて、自ら経営した居酒屋をつぶした父に多額の借金があったこと、それをその保険金ですべて清算したこと、を母に聞かされた。そしてそのとき残ったお金のおかげで、僕は東京の大学に進むことができた。

母は鳥取《とっとり》市の出身。両親は早くに亡くなり、親戚もほとんどいなかった。父は東京の青《お》梅《うめ》市出身。都内で店を持つのは難しいと考え、母の故郷鳥取で居酒屋を始めた。だから僕も鳥取で生まれた。

初めから東京に行くつもりだったわけではないが、ずっと鳥取にいるのも無理だろうとは思っていた。住まいは賃貸。確たる拠点はない。働き口も少ない。地元の鳥取大学には行きたい学部もなかった。国立大ではあるが規模は小さい。学部は四つしかないのだ。

ということで、千葉《ちば》大学の法政経学部を受けた。落ちた。でも法政《ほうせい》大学の経営学部には受かった。私立なので厳しいかとも思ったが、だいじょうぶ、と母は言ってくれた。まだお金はあるから行きなさい、と。

奨学金には頼らなかった。僕は提案したのだが、やめときましょう、と母が言った。奨学金と言えば聞こえはいいけど、要は借金なの。返すのは大変。聖輔《せいすけ》はそんなもの背負わなくていい。アルバイトはしてくれたらたすかるけど、でもそれで充分。

僕が通うのは法政の市ケ谷《いちがや》キャンパス。住むのは南砂町にした。東京メトロの東西線《とうざい》で飯田橋《いいだばし》まで一本。およそ二十分で行けるからだ。

江東《こうとう》区南砂のアパート、レント南砂。レントは賃貸の意味のレントかと思ったら、音楽用語のレントだった。rent でなく、lento だ。意味は、ゆるやかに。南砂町駅から徒歩十二分。家賃は管理費三千円込みで五万六千円。南砂町は快速が停まらないので、少し安い。でも便利は便利だ。駅の反対側にはスナモというショッピングモールやヤマダ電機がある。アパート側にもイオンスタイルがある。ちょっと歩けばニトリもある。

高校から僕はベースをやっていた。エレクトリックベースだ。大学でも、ノイズという軽音サークルに入った。そこで篠宮剣《しのみやつるぎ》と川岸清澄《かわぎしきよすみ》と知り合い、バンドを組んだ。

トリオ編成。いい人材がいなかったので、ヴォーカルはなし。カラオケがうまい女子を入れちゃおう、と剣は言ったが、気乗りはしなかった。メンバーがそろってから決めることにしていたため、バンド名もなし。剣のギターはともかく、清澄のドラムはうまかったので、スタジオで合わせるだけで楽しめた。曲はとりあえずコピー。洋邦問わず、三人が知ってるものを適当にやった。

大学一年の五月からはアルバイトもした。バンドよりそちらを優先した。コーヒー一杯が二百円で飲めるチェーン店のカフェ。場所は日本橋《にほんばし》。アパートと大学の中間あたりということでそこを選んだ。

その店で、僕は原口瑞香《はらぐちみずか》と出会った。瑞香は今、専修《せんしゅう》大学法学部の三年。当時は二年。一つ歳上だ。

僕が店に入って二ヵ月、瑞香が入って一ヵ月が過ぎたころ、レジカウンターに二人でいるときにいきなり言われた。

「付き合おう」

「え？」

「わたしたち、付き合おうよ」

「あぁ。えーと」

「いやだ？」

そう訊かれ、こう答えた。

「いやじゃない」

付き合った。

瑞香は小田原《おだわら》市の出身だ。少し行けば箱根《はこね》。熱海《あたみ》も近いという。箱根は神奈川県で、熱海は静岡県だそうだ。その辺りの地理は全然わからない、と言ったら、わたしも鳥取のことは全然知らないよ、と言われた。まず島根と区別がつかない。知ってるのは砂丘《さきゅう》があることと、最後までスタバがなかったことだけ。って、それが島根だっけ？

　小田原の実家からだと神田《かんだ》のキャンパスまでは二時間以上かかるとのことで、瑞香は墨《すみ》田《だ》区にある叔父夫婦のマンションに住んでいた。親戚とはいえ家賃は払っていたらしい。

　そんなだから、何度か僕のアパートに来た。何度かと言いつつ、はっきりわかる。三度だ。その数はもう増えない。別れてしまったから。

　今年の七月に、やはりバイト先のレジカウンターに二人でいるときにいきなり言われた。

「好きな人ができた」

「え？」

「だから別れたい」

「あぁ。えーと」

　いやだ？　そうは訊かれなかった。

　が、別れた。

　僕のほうがバイトに多く入ってたから、デート代はほとんど出していた。一度きた瑞香の誕生日には、ほしがってたデジタルフォトフレームをあげた。僕の誕生日はこなかった。瑞香と付き合ったのは、大学一年の七月から大学二年の七月まで。一年弱、三百五十日ほど。僕の誕生日は残りの十五日に含まれる。

そんなわけで、瑞香と別れてすぐに僕は二十歳になった。落ちこみを引きずったまま、成人。いいように遊ばれたな。バンドの剣にはそう言われた。

僕と別れたのを機に、瑞香はバイトをやめた。僕も八月いっぱいでやめた。バイトができるのは、就活が始まる前、大学三年の二月まで。だったらもう一つほかのバイトもやっておこうと思ったのだ。入社面接で言えることを増やすために。

でもそこでだ。まったく予想しなかったことが起きた。

予想。するわけがない。できるわけがない。

父を亡くした衝撃は忘れないが、父がもういないという事実には、ようやく少し慣れていた。あんな衝撃に見舞われるのは人生に一度。あれを超えるものはない。勝手にそう思いこんでいた。ちがった。まだあったのだ。

僕は大学にいた。一時限目の授業中。母からスマホに電話があり、伝言メモが残された。休み時間にそれを再生し、ぎょっとした。聞こえてきたのが男性の声だったからだ。

「もしもし。えーと、聖輔くんですか？　竹代さんの職場のナカタニといいます。あの、お母さんが、大変なことに。至急電話をください。大至急」

すぐに電話をかけた。すぐにナカタニさんが出た。ずっと待っていたのだろうと推測できた。

「さっきのナカタニです。鳥取大の学食の。聖輔くんが万が一留守電を聞いてくれないと困るんで、お母さんの電話からかけさせてもらいました」

「どうも。それで、あの、母は」

「亡くなられました」

「え？」

「家で。ご自宅で」

よくないことが起きたのはわかっていた。また事故だろうと思っていた。でも、自宅。

「火事、ですか？」

「いや、そういうんじゃないです」

「じゃあ」

「まだよくわからない。ご自宅のフトンのなかで亡くなってました。寝てるあいだに発作が起きたとか、そういうことかもしれない」

言いにくいことは言ってしまったからか、ナカタニさんの口調は少し滑《なめ》らかになった。敬語をやめてくれた。

「昨日、柏木さん、出勤してこなくてね。無断欠勤なんてする人じゃないから、こっちから電話したんだけど、つながらなくて。それで、今日も同じ。来なかった。これはおかしいと思って、柏木さんと仲がよかったビトウさんていう女性と一緒に家に行ってみたんだよ」

家。団地。父が亡くなってから移った県営住宅だ。

「管理の人に事情を説明して、カギを開けてもらった。チェーンがかかってたんで、もうこれはってことで、警察の人も呼んだ。そしたら、そんなことに」

「フトンにいたんですか？　母は」

「そう」

そこまでだった。もう声は出せなかった。涙は、出そうになったが出なかった。ただただ呆然《ぼうぜん》とした。まだ百パーセント本気にしてはいなかった。一人の人間にそんなことが起こるわけがないと思った。父をあんな形で亡くした僕が、母までそんな形で亡くすわけがないと。

「帰ってこられる？」と訊かれ、

「はい」と機械的に答えた。

まさに機械。意思はどこかへ行っていた。ナカタニさんとビトウさんの電話の番号を教えられ、それをメモした。機械なのに、手が震えた。

「今日じゅうに来られる？」

「はい」

「鳥取に着いたら電話して」

「はい」

「聖輔くん」

「はい」

「今言っても無理だけど。気を落とさないで」

「はい」

　年末に鳥取に帰ったときは、新幹線でなく、夜行バスを利用した。そのほうが圧倒的に安いからだ。でもそんなことは言ってられなかった。

　急いでアパートに戻り、着替えをバッグに詰めて、すぐに出た。東西線の大手町《おおてまち》駅からJRの東京駅まで歩き、新幹線に乗った。それで姫路《ひめじ》まで行き、特急スーパーはくとに乗り換えた。

　鳥取駅に着いたのは午後七時すぎ。その時刻だというのに、ナカタニさんとビトウさんが迎えに来てくれていた。そこで初めてきちんと名前を聞いた。中谷兼正《かねまさ》さんと尾藤富貴《ふき》子《こ》さんだ。中谷さんが五十すぎ、尾藤さんが五十前。尾藤さんは僕を見て泣いた。それを見て、中谷さんも泣きそうになった。

　その後、ことはある程度自動的に進んでいった。

　僕は遺体と対面し、遺族として母を母だと確認した。

　次いで、母のスマホの電話帳に登録されていた船津《ふなつ》基志《もとし》さんに電話をかけ、死を伝えた。

基志さんに会ったことはなかったが、親戚であることは母に聞いていた。母のいとこ。四十四歳。僕から見れば、従叔父《じゅうしゅくふ》とかいうものになるらしい。母とも親しくはなかった。市内にいるから、まあ、知ってはいる、という程度。でもすぐに駆けつけてくれた。働いているのは市内のホームセンター、住んでいるのも市内のアパート、ということでそうしてくれたのだ。

母の死因はよくわからなかった。いわゆる突然死。事故ではない。病気といえば病気。発症後二十四時間以内に死に至ること。それが突然死の定義らしい。心疾患《しんしっかん》によるものが多いが、原因が特定できないものも多いという。母がまさにそれだった。

死そのものについて、不審な点はなかった。窓にも玄関のドアにもカギがかけられていた。チェーンまでかけられていた。室内が荒らされた形跡はない。母が誰かと争った形跡もない。おとなしくフトンのなかにいただけ。事件性はない。

葬儀は基志さんが仕切ってくれた。といっても、葬儀社に家族葬の申し込みをしてくれただけ。でもたすかった。

お墓は父と同じところにした。汽車で一時間かかる場所にある、永代供養墓《えいたいくようぼ》。お墓参りできる人がいなくてもお寺が供養をしてくれる、というものだ。父のときに母がそこを選んだ。遺骨は個別に管理してくれるということで、遠いのは我慢したのだ。

基志さんのすすめもあり、遺品整理は専門の業者にお願いした。なるべく早く部屋を空《から》にしなければならないので、そうせざるを得なかった。業者の手配も基志さんがしてくれた。ホームセンター絡《がら》みで知り合いがいるというのだ。それは本当にたすかった。

結局、遺品はほぼすべて処分し、何枚かの写真と、亡くなったときも母がはめていた結婚指輪を残した。それなら父の形見にもなる。そう思ってのことだ。

葬儀や遺品整理にかかった分を差し引いたお金、つまり遺産は、これから下りる共済の保険金を合わせて二百万円強。思ったよりずっと少なかった。

母が相当な無理をしていたことに気づいた。僕のために、というか僕だけのために、母はがんばってくれたのだ。そのせいで体調がよくなかったというようなことも、もしかしたらあったのかもしれない。

そして最後にもう一つ打撃がきた。衝撃というほどではないが、痛手だ。

必要な手続きのあれこれをようやくすませたところで、基志さんに言われた。

「聖輔くん、こんなときに言いたくないんだけどさ」

「はい」

「おれ、実は竹代さんに五十万貸してたんだよね」

「そうなんですか」

「うん。聖輔くんが東京に行くときにいろいろかかったみたいで。まあ、身内の貸し借りだから、書面に残したりはしてないんだけど。まさかこんなことになるとは予想してないし。ほんとは言わないことにしようかとも思ったんだよね。でもおれはおれでキツいからさ。返してもらっても、いいかな」

「あぁ。はい」

五十万円を渡した。ではなくて、返した。遺産がさらに減った。

そこまでで、二週間。僕はどうにか部屋を明け渡し、カギも返却した。

そして東京に戻る前に、鳥取から二駅下り、鳥取大学の学食を訪ねた。

中谷さんと尾藤さん。どちらかはいるだろうと思った。最後にもう一度お礼を言えればいい。そんな気持ちだった。

中谷さんはいなかったが、尾藤さんはいてくれた。誰かに尋ねるまでもない。すぐにわかった。食器を返却するところに、ちょうど尾藤さんがいたのだ。

声をかけると、ちょっと待ってて、と出てきてくれた。調理白衣姿のままでだ。

「いろいろありがとうございました。ご迷惑をおかけしました」と頭を下げた。

「迷惑なんて言わないでよ。そんなふうには思ってないから」

「すいません」

「そこで謝るのもなし」

「すいません。じゃなくて、はい」

笑わせようとしたつもりはないが、尾藤さんは笑った。無理にだ。

「東京に行くの？」

「はい。大学がそっちなので」

「いずれこっちに戻ってきたりは？」

そう言われ、初めてそのことについて考えた。僕はいずれ鳥取に戻るのか。

結論を出したのは僕ではない。尾藤さんだ。

「しないか。戻るんじゃ、東京に出た意味がないものね。こっちに戻る理由もなくなっちゃったし」

母も亡くなってしまったから、ということだ。尾藤さんは母と仲がよかっただけあって、僕の父が亡くなったことも知っていた。どういう形で亡くなったかも。

「何かしてあげられることがあればいいんだけど」

母が亡くなったことで初めて会った尾藤さんに僕がしてもらえることはなかった。はずなのだが、尾藤さんはしてくれた。財布から一万円を出して僕にくれたのだ。

「むき出しでごめんなさいね」

香典としても、お金はもらっていた。そこへさらにの一万円。

「いえ、これは」と遠慮した。

「いいの。わたしがあげたいんだから。ほんとはもっとあげたい」

頂いた。

「ありがとうございます」

地元鳥取の人。ただし遠い関係の人。そんな尾藤さんがくれた一万円は、文字どおりの餞別《せんべつ》になった。

鳥取大学は、ＪＲ山陰《さんいん》本線の鳥取大学前駅の前にある。前も前。敷地を出ればすぐに駅に着いてしまう。

でもすぐには着けなかった。キャンパスを歩いてるときに不意に涙が出た。ぽろぽろとではなく、ぼろぼろと。だからわざわざベンチを探し、座った。両手のひらを顔に当ててうなだれた。声だけは出すまいと、こらえた。周りからはカノジョにフラれた傷心学生に見えたかもしれない。

それまでも、泣きそうになったことはあった。目の奥がじんわりと熱くなる程度のことなら何度もあった。でも涙を流すまではいかなかった。葬儀場でも、県営住宅の部屋でも。それがこんなところで。

あの学食で尾藤さんと一緒に働いていた母を想像した。僕は泣くほど悲しいのに、想像上の母は笑顔だ。仕事はキツかったろう。何百人分ものご飯を毎日つくるのは大変だったろう。料理という穏やかな言葉にはそぐわない重労働だったはずだ。

それでも母は笑っていただろう。僕を東京に送り出したときもそうだった。来てくれた鳥取駅でも笑っていた。そういうところできちんと笑える人なのだ。泣いたのは、父が亡くなったときだけ。あのときにもう一生分泣いたと、自身、あとで言っていた。

僕がキャンパスのベンチで泣いてたのは、およそ二十分。どうにか落ちついたところで顔を上げ、スマホで鳥取大学前駅の時刻表を検索した。

ぼろぼろ泣いた直後に検索。冷たいな、と思った。でもそんなものだ。ドラマのようにはいかない。どんな場面にも、そのあとがある。

二駅上って鳥取に戻り、ネットカフェで時間をつぶした。そして夜行バスで東京に戻った。電車の半額以下。鳥取から池袋《いけぶくろ》まで、六千五百円。尾藤さんからもらった一万円でお釣りがきた。

バスのなかでは寝られなかった。一睡もできなかった。深夜の高速道路をひた走るバス。その暗い座席でただあれこれ考えた。

僕は柏木聖輔。二十歳にして、まったくの独《ひと》りになった。どうあがいても、その状況は変わらない。とりあえず、生きていかなければならない。

名字の柏木。実はこれ、父の母親の旧姓だ。幼いころに母親が父親と別れたから、父は柏木になった。出生時の名字は駿河《するが》。だから僕が駿河聖輔になっていた可能性もあった。

その話を聞いたのは中学生のころ。普段はあまり話をしない父が、何故かいきなりそんなことを言った。高校生のころまでは、駿河聖輔のほうが音的にカッコいいな、と思っていた。柏木っていう名字カッコいいよね、と同級生の女子に言われて意外に感じたのを覚えている。

ともかくも、柏木。駿河になることもなく、母の旧姓である市岡《いちおか》になることもなかった。柏木はもう僕一人。わずか三年でそうなった。三人いたはずが、一人。

東京に戻ると、さっそく調べてみた。大学には家計急変時給付型の奨学金があることがわかった。急変も急変。僕なら受けられるだろうと思った。が、それをもらったとしても、あと三年半は無理。

そこで決断した。意外にも迷わなかった。大学は中退した。これまで奨学金を受けなくてよかった。心からそう思った。その意味でも母に感謝した。

整理できることはしてしまおう。そう決めて、ベースもきっぱりやめた。事情が事情。やはり迷いはしなかった。ベースそのものも楽器屋に売ろうとした。が、五年前とはいえ五万いくらで買ったそれに対して示された買取額はわずか三千円。そこは迷った。迷いに迷い、結局は売らなかった。

とはいえ、弾くのはやめたから、バンドもやめた。

で、どうしよう、と思った。

仕事を探すしかない。引っ越しはできないから、近場で探すしかない。

高卒。二十歳。資格なし。

日本橋のカフェでアルバイトに復帰させてもらうことを考えた。常に募集してるから雇ってはくれるだろう。社会保険も完備された契約社員になるのも手かもしれない。でもその先は。

思考はそこで止まった。

動かなければいけない。が、あせってもいけない。適当に何かを始めてしまうと、あとで困ることになる。適切な例ではないが、例えば瑞香と付き合ったときみたいに。

母の死も、間を置いてジワジワきた。父の死までもが、あらためてジワジワきた。はい、おしまい。切り換えます。前を見ます。そんなふうにはいかない。後ろに多くのものがあり過ぎた。それを無視して前だけを見る。そんな器用なことはできない。

何も決まらないうちに時間だけが過ぎ、結局はあせった。あせりにあせり、フラフラと街を歩いた。南砂町駅とは反対方向にあるためそれまでは足が向かなかった砂町銀座商店街にも足が向いた。

そして、こうなった。働かせてください、と言ってしまった。

熱々のメンチの力だけではない。田野倉さんが声をかけてくれたことが大きかった。そう。僕はこのとき、久しぶりに人としゃべったのだ。それこそ、鳥取大学の学食で尾藤さんとそうしたとき以来かもしれない。

しゃべろうと思わなければ誰ともしゃべらずにいられる。独りになるというのは、要するにそういうことだ。お金を払うお客としてしか口を開かなくなる。あ、お箸《はし》ください、とか、いえ、特製のほうじゃなく安いほうの肉まんを、とか、そんなことしか言う必要がなくなる。

それはこわいことだ。そのこわさに押され、僕はようやく少し前を見る。

映樹《えいき》さんが来ない。出勤時刻になっても来ない。

督次《とくじ》さんは何故かあせってない。でも僕はあせる。母のようなこともあると知ってるからだ。

勤め人が出勤時刻になっても出てこない。連絡もない。となれば、そうできない状態にある可能性を考えなければならない。

鳥取の中谷兼正さんと尾藤富貴子さんは一日待った。あんな経験をしたのだから、次はもう待たないだろう。僕も待ちたくない。

映樹さんは男性。だから女性が同行する必要はない。僕は想像する。督次さんとともに映樹さんのアパートを訪ねる自分を。

大家さん、もしくは管理人さんに事情を話す。合カギでドアを開けてもらう。もしもチェーンがかけられていたら、そのときは、眠ってて起きないだけであってほしいと願いつつも、覚悟はしておかなければならない。

待ちすぎないほうがいいですよ、と今も督次さんに言いたくなる。そう言うだけで、督次さんもわかるだろう。僕の事情はすべて話してあるから。僕がそれを案じてしまうことを決して大げさとは思わないはずだ。

でも、出勤時刻を十分過ぎただけで言うのはさすがに早すぎる。では何分ならいいのか。三十分か、一時間か。三時間か、五時間か。それとも、知り合って一ヵ月のバイト先の先輩のことを、そこまで心配するべきではないのか。

で、出勤時刻から十五分が過ぎたとき。映樹さんはあっさり現れた。

「おざぁ～す」と店に入ってくる。

「おざぁ～すじゃねえだろ」と督次さんが言う。「ちっともお早くねえぞ」

「バスが遅れたんですよ。おれじゃない。バスですよ」

「なら歩いてこいよ。それでも二十分で着くんだから」

「いやぁ。途中でバスに抜かれますよ。そしたらバカらしいじゃないですか。定期も持ってんのに」

「せめて連絡はしろ」

「十五分後に着くのにですか?」

「十五分でも遅刻は遅刻だ。まず心配するだろ、おれらが」

「相手がお前だからそんなにはしないけど、ちょっとはする。少なくとも、来なかったら店はどうしよう、とは思う。そっちの心配はする」

「ひでえな。おれの心配もしましょうよ」

「とにかく遅れるな。時間は守れ。聖輔に示しがつかんだろ」

「聖輔はだいじょうぶですよ。この一ヵ月で充分わかったじゃないですか。でも、まあ、つけろと言うなら示しはつけますよ」そして映樹さんは僕に言う。「おい、聖輔。お前は遅刻すんなよ。何といっても、歩いてこられるんだからな。バスのせいにはできないぞ」

「まったく。お前ってやつは」と督次さんが呆《あき》れたように言う。

「あんた、怒られないようにしなよ」と詩子《うたこ》さんも言う。

「映樹くんは、変なとこ、要領がいいよね。かわし方がうまいっていうか」とこれは一美《かずみ》さん。「普通の職場なら、遅刻で連絡もなしはあり得ない。下手したらクビでしょ」

「出来の悪いやつは、その分、要領がよくなるんですよ」と映樹さんは返す。

「うわぁ。それって、わたしの別れたダンナみたい」

「おぉ。一美さん、ブラック」

と、まあ、そんなようなことをみんなが気兼ねなく話せるのだから、関係は悪くない。

それは僕がこの店に入って相当ほっとした部分だ。人同士の関係が悪い職場は働きづらい。少人数の職場なら尚更《なおさら》だ。

一ヵ月前、店主の督次さんはすんなり僕を採用してくれた。

メンチを七十円負けてもらった日の翌日、僕は用意した履歴書を持って再びおかずの田野倉を訪ねた。

「何だ。ほんとに来たのか」と督次さんは驚いたように言った。「一日あれば考え直すかと思った」

メンチは負けてもらい、ハムカツはただでもらった。それで充分と僕が考えた。そう思ったらしい。

「ウチなんかでいいの？　ただの惣菜屋だよ」

「ぜひお願いします」

「まあ、君がいいならいいけど。えーと」督次さんは履歴書を見て言った。「そう。柏木くんか」

でも履歴書を見たのはそのときだけ。すぐにそれを引出しに入れてしまった。

「明日から来られる？」

「はい。だいじょうぶです」

「じゃあ、採用ね」

「いいんですか？」

「いいよ。週四十時間てことで、週五でいい？」

「はい」

「ウチは水曜定休なんでさ、ほかに一日休み。それは週ごとに決める。ただ、土日は忙しいからたぶん無理。いい？」

「はい」

「営業は午前十時から午後八時。二時間前から仕込みもあるんで、午前八時から午後五時までと午前十一時半から午後八時半までの二交替みたいな感じ。それも、具合を見て週ごとに決める。いい？」

「はい」

「何だよ。何でもいいんだな」

「働かせてもらえるなら何でもいいです。贅沢《ぜいたく》は言ってられないので」

「じゃあ、頼むわ。いきなり仕込みは無理だから、しばらくは遅番な。十一時半から。主に売るほうをやってもらう。いらっしゃいませは、言えるんだよな？」

「どうにか」

「前の店は、喫茶店だっけ」

「はい」

「変にカッコをつけていらっしゃいませを言うなよ」

「だいじょうぶです。どこにでもあるチェーン店でしたし」

「チェーン店でも、カッコはつけるだろ」

「まあ、そうですけど」

「何か訊きたいことはある？」

「はい。一つだけ。ここで働いたら、実務経験証明書に印鑑をもらえますか？」

「ん？」

「確かにここで働きました、みたいなものだと思うんですけど」

「あぁ。この期間働いてましたってやつか。店主がハンコを捺《お》すっていう」

「それです」

　勇み足気味に、働かせてください、と督次さんに言ったあと、アパートに帰ってよく考えてみた。悪くない思いつきであることがわかった。

　大卒の資格はとれない。この先もとれないだろう。ならどうする？　大学をやめた今、僕はただの無職。高卒後一年半遊んだ無職、と見ることもできる。知識はない。技術もない。知識のほうは今さら難しい。技術を身につけるべきではないか。身につけられるとしたら、それは何か。

　答はぽんと出た。調理師。

　それまでは考えたこともなかった。でもそこではぽんと出た。理由は言うまでもない。

調理師になじみがあったから。父が調理師だったからだ。

すぐにネットで調べてみた。専門学校に行けばてっとり早い。でも行かなくてもどうにかなることがわかった。飲食店営業や惣菜製造業や魚介類販売業を行う施設で二年以上の実務経験を積めば、調理師試験を受けられるのだ。アルバイトの場合は、二年間週四日以上で一日六時間以上、の勤務実績が必要らしい。期間の二年は複数店での合算も可だという。

「いずれ調理師試験を受けるつもりなんですよ」と僕は督次さんに言った。「資格はあったほうがいいと思うので。印鑑、捺してもらえますか?」

「もちろん捺すよ。そういうことなら、早いうちからつくるほうもやってもらうか」

「そうさせてもらえるとたすかります。よろしくお願いします」

そんなふうにして、僕の新生活は始まった。

まずは軒先で売るだけだったが、調理白衣を着て、白い帽子もかぶった。各種揚げものをトングでトレーや大皿に並べたり、お客さんの注文を受けてそれらを透明なフードパックに詰めたりするからだ。

いらっしゃいませやありがとうございますはすぐ言えた。カフェっぽい、と一美さんに言われた。自分でもそう思った。何かそぐわないのだ。もっと雑でいいんだよ、と映樹さんには言われた。まあ、無理に雑にする必要もないよ。じき雑になるから。

雑になったとは言いたくないが、この一ヵ月で、何となく様《さま》にはなってきた。雑の意味もわかった。要するに、かまえなくていいのだ。

すぐ前の道を歩いてきたお客さんが軒先の惣菜を見て立ち止まる。いらっしゃいませをつい言いたくなるが、そこは我慢。お客さんはまだ自分がお客さんになったつもりはない。いらっしゃいませと言われることで、勝手にお客さんにされたくないのだ。さらに一歩踏みこみ、商品陳列台のトレーや大皿をはっきりと見るようになったときに初めて、お客さんは通行人からお客さんに変身する。そこで言う。いらっしゃいませ。

自分が通うようになって、わかった。砂町銀座商店街は不思議な場所だ。ＪＲや地下鉄が縦横無尽《じゆうおうむじん》に走る東京二十三区内。なのに、どの駅からも遠い。それでも賑《にぎ》わっている。地元の人たちが日々の買物に利用するし、よその人たちがわざわざ訪ねもする。端から端まではおよそ六百七十メートル。ゆっくり歩いて十分。長い。そして、長すぎない。絶妙。

おかずの田野倉は、丸八通り側から商店街に入って二分ほど歩いたところにある。店は決して広くない。軒先で揚げものや煮ものやサラダを売る。それだけ。ご飯は扱わないから、おにぎりやお弁当はない。惣菜一本。メインは揚げもの。

奥に厨房がある。特に仕切りはないので、外からも見える。夏は暑く、冬は寒いらしい。揚げたり煮たりするため、夏は全体が暑く、冬は足もとが寒い。冷暖房はない。あっても意味がないのだ。フルオープンなわけだから。

厨房には冷蔵庫が三つと冷凍庫が一つある。もちろん、フライヤーもある。あとは、大鍋が二つ置けるガステーブルにガスオーブン。どれも業務用。一様に大きい。で、厨房のさらに奥にトイレがある。

二階は二部屋。片方は事務室兼物置。督次さんと詩子さんが帳簿をつけたりするのにつかう。もう片方が更衣室兼休憩室。みんながそこで着替え、休む。

働いてるのは、僕を含めて五人。

まずは店主の田野倉督次さんと奥さんの詩子さん。督次さんが六十七歳で、詩子さんが六十五歳。夫婦は昔からずっと商店街の近くの団地に住んでいる。URの賃貸住宅だ。子どもはいない。

二人には早番も遅番もない。最初から最後まで店にいる。詩子さんはたまに家事をしに戻ることもあるが、督次さんはずっといる。定休日の水曜以外はそう。そんな生活を、二人は三十年以上続けてきたのだ。

詩子がいてくれて、どっちもデカい病気にならなかったからどうにかやってこられた、と督次さんは言っていた。ウチみたいにちっぽけな店で一番こわいのは病気だよ。店主が長期入院なんてことになったら、それだけで店を閉めなきゃいけなくなる。

店員はほかに二人。二十四歳の稲見《いなみ》映樹さんと、三十七歳の芦沢《あしざわ》一美さん。

映樹さんが遅刻してきたのは僕が店に入って初めてだが、さっきの督次さんの口ぶりからすると、常習らしい。

月に一度のペースでも常習ととられてしまうから、僕もカフェのバイトをしてるときは気をつけた。カゼで休んだことはあるが、遅刻をしたことはない。いや、一度だけ、電車が遅れてそうなったことがあるが、もちろん電話連絡はした。映樹さんと同じ十五分程度の遅刻だったが、それでも、した。

聞けば、映樹さんは督次さんの友人の息子だという。督次さんの口からよく出る民樹《たみき》さんというのがその友人だ。稲見民樹さん。

映樹さんは、二浪した末にすべり止めの大学に入った。で、半年でそこをやめ、フリーターになった。限りなく無職に近いフリーターだ。将来を心配した民樹さんが、督次さんに預けたという。

今は江戸川《えどがわ》区一之江《いちのえ》のアパートに一人で住んでいる。都営新宿《しんじゆく》線で西大島《にしおおじま》まで来て、そこから都営バスに乗る。そのバスが今日は遅れたわけだ。

一美さんが言うように、映樹さんは要領がいい。お見事、とほめたくなるほどいい。どう言えばいいだろう。人を動かすというか、人に仕事をさせるのがうまい。

僕は新人だから、仕事のあれこれを映樹さんに教えてもらう。教えてもらったことは懸命にやる。で、どうにか慣れ、また次のことを教えてもらう。また懸命にやる。

そのころになって、映樹さんは一つ前の仕事をもっと楽にやるコツを教えてくれたりする。あ、これは楽だな、と僕は感心する。初めからそのやり方を教えてくれればよかったのではないか、とは思わない。上達した感覚があるから、一つ前のその仕事も継続してやる。で、映樹さんは何をしてるだろう、と見れば、休んだりしてる。抜き方が抜群にうまいのだ。

カフェのバイトでも、そういう人はいた。たいていはすぐに気づかれた。あの人は仕事を人に押しつける、と陰で言われた。映樹さんはそうならない。仕事を押しつけることを悟られはしても、恨《うら》まれないのだ。さっきの督次さんではないが、まったく、お前ってやつは、にうまく持っていける。

なかでも詩子さんにはかわいがられている。映樹さんは店主夫人の詩子さんにまで気軽に仕事をまかせたりする。ミスの後始末を頼んだりもする。しょうがないねぇ、と言いながら、詩子さんも笑顔でそれをこなす。たまに督次さんが気づき、おい、映樹、自分で最後までやれ、と言うこともあるが、映樹さんは八割がた気づかれないようにやる。

で、その八割にもすべて気づけるのが一美さんだ。

気づかれてしまうから、映樹さんも一美さんには仕事を押しつけない。というか、押しつけるも押しつけないもない。一美さんは、自分でできる仕事は片《かた》っ端《ぱし》からやってしまう。どうしても一人でできない場合だけ、映樹さんに頼む。そして映樹さんがそれを僕にまわす。そんな流れができている。

一美さんは、大島の都営住宅に住んでいる。駅で言うと西大島だが、線路のこちら側なので、映樹さんとちがってバスはつかわず、徒歩で店に通っている。雇用主の督次さんに交通費を負担させないためだということが、何とはなしに伝わってくる。

一美さんは結婚してない。してたことはある。子どもがいる。名前も知ってる。準弥《じゅんや》くんだ。十四歳、中二。一美さんは一人でその準弥くんを育てている。だから残った惣菜を持ち帰る。なるべく残らないよう調整はしてるはずだが、督次さんと詩子さんがあえて残してる感じもある。一美さんは毎日お礼を言う。

僕も時々コロッケをもらう。ここのコロッケはうまいから、毎日でも飽《あ》きない。でも少しは飽きたふりもする。そうしないと、一美さんが僕にコロッケを譲ってくれようとするから。

おかずの田野倉で出す惣菜はすべて手づくりだ。揚げものや煮ものだけでなく、ポテトサラダやマカロニサラダも同じ。特にポテトサラダはごまかせない。手づくりでなければ、そうだとわかってしまう。

例えばコンビニやスーパーの弁当に付け合わせとして少しだけ入れられてるポテトサラダ。あれはあの量だからおいしく食べられる。ボウル一杯分食べる気にはならない。

でもおかずの田野倉のポテトサラダならいける。まず、味が濃すぎない。そして、いも感が強い。督次さんによれば、あえていも感を残してる。硬めに茹《ゆ》で、つぶし過ぎないようにしてるのだ。その加減がなかなか難しいのよ、と一美さんは言う。わたしも家でつくるからよくわかる。微妙にね、これと同じにはできないの。晩ご飯に出すと、準弥は、もらってきたポテサラにしてよ、なんて言うからね。

先週からは僕もじゃがいもの皮むきをやらせてもらうようになった。ポテトサラダやコロッケにつかう分は茹でてから皮をむくので、煮もの用。包丁でやれ、と督次さんに言われてそのとおりにし、さっそく指を切った。久しぶりに自分の血を見て、おののいた。不器用だな、と督次さんは言ったが、器用だよ、初めてじゃ普通ここまではできない、と詩子さんは言ってくれた。確かに器用そう、とこれは一美さん。血染《ちぞ》めのポテトサラダとかやめろよ、とこれが映樹さん。実際にそうなってはマズいので、初日はそれで終了となった。

でも傷がふさがってからは毎日やっている。動きもスムーズになってきた。やっぱり器用ですよ、上達が早い、と一美さんが督次さんに言い、ヤバい、おれあと一ヵ月で抜かれるかも、と映樹さんが詩子さんに言った。

ポテトサラダもうまいが、おかずの田野倉の売りは何といってもコロッケだ。僕が初めてこの店を訪れた日に食べ損《そこ》ねたコロッケ。カッコをつけて言えば、プレーン。シンプルなポテトコロッケ。

値段は五十円。よそではもっと安いものもある。四十円とか、三十円とか。スーパーなんかでは、二十円のものもあったりするらしい。そんななかでの五十円。食べてみればわかる。高くない。昔からずっと五十円らしいから、実質、値下げはしている。消費税が八パーセントに上がったときも、値段は変えなかった。おかずの田野倉のコロッケは五十円。そのイメージを守ったわけだ。

ポテトサラダ同様、いも感は強い。でも強すぎない。で、甘すぎない。安いコロッケには甘さで味をごまかしてしまうものもあるが、それがない。やはり絶妙。

衣はカリカリだ。肉屋のコロッケ、のあの感じ。そしてある程度時間が経《た》っても、カリカリがヘナヘナにならない。いい油をつかっているからだ。安い油だと露骨にちがいが出るという。

一度、グルメ番組で女子アナが店主にするようなざっくりした質問を督次さんにぶつけてみた。

「こだわりは何ですか？」

「ねえよ、そんなもん」と督次さんは答えた。

「こだわりがないのがこだわりだ、みたいなことですよね」と映樹さん。

「そんなことでもない。まずな、ウチのだからうまいわけじゃない。コロッケってもんがうまいんだ。そのコロッケをつくる。それだけだな」

「おぉ。督次さん、カッケー」と映樹さんが言い、
詩子さんと一美さんが笑った。

僕も笑ったが、実は密《ひそ》かに感動した。この人は信用できる。そう思った。

「ウチはただの惣菜屋。星三つとかいらねえよ。飛び抜けてなくていい。生まれたての赤ん坊が食っても八十のじいさんばあさんが食ってもうまい。それでいいんだ。といっても、くれるんなら喜んでもらうけどな。星」

誰が食べてもうまいコロッケにこそ星を。そう思った。

「だからって試すなよ、聖輔」

「はい？」

「生まれたての赤ん坊にコロッケを食わせちゃダメだからな」

「あぁ。はい。試しません」

おかずの田野倉のコロッケは、商店街の人たちにもファンが多い。わずか一ヵ月でもそのことがわかった。おしゃれ専科出島《でじま》の出島滝子《たきこ》さん。リカーショップコボリの小堀進作《こぼりしんさく》さん、裕作《ゆうさく》さん、ちさとさん、ちなつちゃん。名前を覚えただけで五人もいる。

店は出前も配達もしてないが、滝子さんの希望により、おしゃれ専科出島にはよく届ける。そのお届けには、新人の僕が行く。

おしゃれ専科出島は婦人服店。といっても、そこは商店街。プレタポルテ、みたいには

いかない。比較的高齢な女性向け。何なら豹《ひょう》柄も置いてます、といった類《たぐい》。

店は六十二歳の滝子さんが一人でやっている。たまに夫の貞秋《さだあき》さんという人が手伝いにくるようだが、僕はまだ見たことがない。これからもたぶん見ないわね、と滝子さんは言う。初めは毎日手伝ってたんだけど、今は何だかフラフラしてるわよ。

定年前に会社をやめて手伝っていたのだが、店はそう忙しくもないので、今は自身が競馬やパチンコで忙しい、ということらしい。まあ、つかう金額はわたしが厳しく制限してるけどね、と滝子さんは僕に説明した。それを超えるようなら即離婚よ。

でもあそこは離婚しねえよ、と督次さんは言っていた。何だかんだでダンナは滝子ちゃんにベタ惚《ぼ》れだからな。むしろあの距離のとり方がいいんだろうよ。

週に一度は、おしゃれ専科出島に惣菜を届ける。滝子さんのお気に入りは、おからコロッケだ。よそにはない。これもうまい。そもそもは豆腐をつくったときにできる残りかす。そのまま捨てられることもあるというおから。それがコロッケに入って生き返る。いいサイクルだと思う。

おしゃれ専科出島には、たまに猫がいる。僕はこれまで五度行ったが、そのうちの二度いた。野良ではない。丸々太った飼猫だ。白と黒のぶち。滝子さんが近くの自宅から連れてくる。日々の運動はそれだけ。太ってるからほぼ動かない。店内に置かれた長イスの上でずっと寝そべっている。

僕はあまり近寄らない。そちらをほとんど見ない。幸い、猫自身も無関心。僕には目もくれない。くれるも何も、目はたいてい閉じられてる。開けられてるときも、むわぁっとあくびをしたりしている。

きらいではない。そこまでは言わない。でも、父の事故のあと、猫は苦手になった。かわいいと素直に思えなくなった。犬と猫、どっちが好き？　その答は犬に変わった。

もう一軒のほう、リカーショップコボリに惣菜を届けたりはしない。滝子さんのように一人で店をやってるわけではないから、そうする必要もない。いつも誰かが買いに来てくれる。ちさとさんがちなつちゃんを連れて昼ご飯のおかずを買いに来る。その形が多い。

ちさとさんは三十前後。娘のちなつちゃんは三歳。鬼も笑いそうなくらい、かわいい。ちなつでしゅ、といつも言う。幼いから、す、が、しゅ、になってしまうというのでなく、でしゅ、とはっきり言う。たぶん、しゅ、が正しいと思ってる。

ちなつちゃんが来ると、督次さんはたまにコロッケを一つおまけする。詩子さんは二つする。それを狙って連れてきてるみたい、とちさとさんは笑う。何だかわからないまま、ちなつちゃんも笑う。ひまわりの花を連想させるその笑顔を見たら、誰だっておまけしたくなる。僕はちなつちゃんを砂町銀座商店街の天使と呼んでいる。

リカーショップコボリは、もとは小堀酒店だったらしい。何年か前に店を改装し、名前も変えた。配達できる範囲を広げ、扱うワインなどの量も増やした。価格ではスーパーなどの量販店にかなわないから、ほかの何かで対抗するしかないのだという。

店主は小堀進作さん。今は息子の裕作さん、その奥さんのちさとさんと三人で店をやっている。これまた督次さんによれば、店名変更の件では親子がぶつかったらしい。進作さんは反対した。裕作さんが説得した。若い人が小堀酒店でスパークリングワインを買う気にはならない。変えられるとこは変えていかなきゃ無理だよ。結果、名字のコボリは残すも表記はカタカナ、ということになった。双方が妥協したのだ。

いつも惣菜を買ってくれるので、こないだ初めて、僕もリカーショップコボリでビールを買った。第三のビールではなく、普通のビール。五百ミリリットル缶を二本。がんばった。

たまたま店に居合わせたちなつちゃんが、ちさとさん誘導のもと、ありがとごじゃましゅ、と言ってくれた。それを聞けただけで、スーパーより割高な分を取り戻せたような気がした。ちなつちゃんが一日いれば店の売上も伸びるのではないかと、半ば本気で思った。あとで督次さんにそう言ったら、そんなに甘くねえよ、と言われた。それで売上が伸びるなら、進作も裕作もちなつちゃんを店に一日いさせてるよ。


映樹さんが遅刻したその日。久しぶりに剣がアパートに泊まりに来た。大学でバンドを組んでた、ギターの剣だ。

大学をやめてから、会うのはそれが初めて。もしかしたらもう会うことはないかも、と思っていた。だから変に緊張した。でもそこは剣。緊張はすぐ解けた。

「何だ。元気そうじゃん、聖輔」

「元気、なのかな」

「社会人生活はどうだ?」

「社会人なんて言えるレベルじゃないよ。ただのアルバイトだし」

「いやいや。立派な社会人だろ。自分で働いて暮らしてんだから。社会人以外の何もんでもない」

「暮らせてはいないけどね。いろいろ節約してるからどうにかなってるだけで」

「できることがあったら言ってくれよ。つっても、おれにできることなんかねえか」

と言いつつ、剣はすでにできることをしてくれていた。缶ビールとつまみのじゃがりこを持ってきてくれたのだ。泊まりに来るときはいつもそう。実家住まいでバイトもしてるから、気前はいい。

ニトリで買ったミニテーブルを挟んで座る。それぞれに敷いたクッションも、やはりニトリのものだ。

缶ビールで乾杯し、じゃがりこを食べる。サラダ味とチーズ味。二つを同時に開ける。

いつものパターンだ。期間限定のものが出れば、剣はそれまで買ってくることもある。ビールを飲み、じゃがりこの一本を端からカリカリ食べて、剣は言う。

「あれっ、今気づいた。ベース、あんじゃん。売ったんじゃなかったっけ」

部屋の隅に立てて置かれたベースだ。ソフトケースに入っている。楽器屋から持ち帰ったあとは一度も出してない。

「楽器屋には行ったけど、売らなかったよ。ついた値が三千円だったから」

「三千円！　確か五万ぐらいはしたんだよな？」

「そう」

「足もとを見られたか。わざわざ来たんだから安くても売るだろって」

「どうなのかな。じゃあ、やめますって言っても、値は上がらなかったよ」

「ネットのオークションに出しゃいいじゃん」

「それも考えたけど、めんどくさくて。楽器だと、もめごともありそうだし。思ったより傷が多かったとか、すぐに音が出なくなったとか」

「売ってねえなら、バンドやれんじゃん」

「無理だよ。もう全然弾いてない」

「売らなかったってことは、未練があんじゃねえの？」

「ないよ。そんなことやる余裕もない。今は、ベースを弾くぐらいなら一つでも多くじゃがいもの皮をむくよ。早く包丁をつかえるようにならないと」

「聖輔なら楽勝だろ。ベースもうまかったし」

「いや、ベースと包丁は関係ないよ」

「いや、大ありだろ。楽器がうまけりゃ料理もうまいに決まってる。手先が器用ってことだから」

「じゃあ、剣もやんなよ」

「おれはダメだよ。ギター、下手だし。実際、りんごの皮もむけない。むけんのは、バナナの皮とみかんの皮ぐらいだな。あと、いよかんはいけるか。でもはっさくは無理。あれは母ちゃんに包丁で切りこみを入れてもらってむくしかない。母ちゃんが不可欠」そして剣は言う。「って、ごめん」

「何？」

「母ちゃんが不可欠って。今の聖輔に言うことじゃねえよな」

「あぁ。いいよ、別に。言われなきゃ気づかなかった」

実は気づいていた。でもそう言った。しばらくはこんなだろう。

「親父さんは料理人だったんだよな？」

「そう」

「で、聖輔もそうなんのか」

「結果的にだけどね」

話が一段落すると、剣がリモコンでテレビをつけた。やっていたのはグルメ番組だ。どの店の何がおいしいかを紹介するだけ、という。

そこでは、女子アナがうなぎ屋の店主に本当にこの質問をした。

「こだわりは何ですか?」

いきなりのそれ。こだわりがあると店主が言ったわけでもないのに、最初の質問がそれ。店にはこだわりがあって当然。どうせあるんでしょ?　という感じ。

「ウチは創業五十年でしてね。その創業のときから今までずっとタレを継ぎ足してます」

「へぇ。秘伝のタレ。だからおいしいんですね」と女子アナが何故かうれしそうに言う。

だからおいしいんだろうな、と僕も思う。

剣の反応はこうだ。

「五十年継ぎ足しって。汚くね?」

笑った。そうだよな、とも思う。タレを継ぎ足すとうまい、というその根拠を僕らは知らないのだ。でもこんなふうにテレビで何度も言われてるうちにそういうものだと思いこむ。例えばカレーは二日めのほうがうまいとか。屋台のラーメンはうまいとか。

「汚くてもいいからうなぎ食いて〜」と剣が言い、

「おれはたぶんもう一生食えないよ」と僕が言う。

「おいおい、そんな悲しいこと言うなよ」

「いや、まあ、そんなに好きでもないから」

「マジか。うめえじゃん、うなぎ」

「うまいけど、結局はタレの味のような気がしちゃって」

「まあ、確かにそうだな。うなぎのみの味って言われると、よくわかってねえかも」

「そろそろカップ麵食べる？」と訊く。「イオンのＰＢカップ麵」

「いいのか？」

「うん。ビールとじゃがりこのお返し」

「ならありがたくいただくけど、その前に。聖輔さ、昼はいねえんだよな？」

「ん？」

「昼間は仕事で、ここにいねえんだよな？」

「いないよ」

「休みはいつ？」

「水曜と、あと一日。おれは今のところ月曜になることが多いかな」

定休日の水曜を絡めて連休にしたいとのことで、映樹さんが火曜、一美さんが木曜に休むことが多い。

「じゃあ、その水曜と月曜以外の昼なら、ここにはいねえんだよな？」

「そう、だね」

「ならさ、たまにここで寝かせてくんね？」

「寝かせる？」

「ああ。ほら、おれ、バイト、夜だろ？　授業が二限までの日とか、時間がすげえ空くんだよ。だからそんなときにここで寝かせてもらえるとマジでたすかる」

剣は東陽町《とうようちょう》のダイニングバーでアルバイトをしている。大学は飯田橋で実家は西船橋《にしふなばし》。東西線で一本。バイト先は中間地点にしたのだ。かつて僕も日本橋にしたように。

東陽町は南砂町の隣。そこまでなら、僕のアパートから徒歩二十分で行ける。だからこそ、剣は前からよく泊まりに来てたのだ。バイト終わりに。帰るのはかったりぃから、と。

「二限までの日は金曜なんだよ。金曜って、ウチみたいな店はムチャクチャ忙しいわけ。その前に寝られるとかなり楽なんだ。十二時四十分に二限が終わって、それから西船に帰って五時にまた東陽町ってのは、さすがにアホらしいんでさ。マジで頼むよ。何ならちょっと金払ってもいいから。ラブホの休憩みたいに」

「いや、お金はいいけど。こうやってビールとかおごってもらってるし」

「これからはじゃがりこ以外のつまみも買ってくるからさ。な？　いいだろ？」

「まあ、昼だけなら」

「やった。マジでサンキュ。聖輔、最高！」ビールをグビッと飲んで、剣は言う。「カギはどうすりゃいい？」

「郵便受けに入れとくっていうのは？　ダイヤル錠《じょう》が付いてるから、とられはしないし」

「けど、番号は教えたくないだろ？」

「家に入れようっていうんだから、別にいいよ」

「それはわりぃよ。おれもできれば知りたくない。忘れそうだし。あと、ほら、金曜以外でいきなり休講になることもあるだろ？　そのやり方だと、そんなときに対応できない」

「じゃあ、合カギ、持ってく？」

「あんの？」

「あるよ。一応、つくっておいた」

「女ができたときのためにか」

「そういうわけじゃないけど」

「おれがこんなこと言いだすと思ってつくっといたわけでもないだろ？」

ない。それはそうだ。瑞香に渡すこともあるかと思って、つくった。渡せずに終わったが。

「と、まあ、お世話になる分際でそんな意地悪質問はなし。やっぱ聖輔はちがうよ。人間ができてる。あんがとな。絶対に汚さないと誓うから。絶対に預金通帳を見ないとも誓うよ」

「いいよ、見ても。入ってる額はたかが知れてるし。言っちゃうと、百万ちょいだよ」

「百万ちょいって。すげえじゃん」

「すごくない。考えてみなよ。一人、というか一世帯の全財産がそれ。部屋は賃貸で、仕事はバイト。親はなし。相当ヤバいよ。何かあったら終わる」

ニトリで買った収納ボックスから合カギを取りだし、剣に渡す。

「お前、マジでいいやつだな。普通、友だちに部屋の合カギを渡さないだろ」

「剣が渡せって言ったようなもんじゃん」

「もんだけど。まさかほんとにこうしてくれるとは思わなかったよ。だいじょうぶか？　友だちといっても、やめた大学の友だちだぞ。どこの馬の骨かもわかんねえおれだぞ」

「どこのかはわかってるよ。西船橋の馬の骨だ」

それを聞いて剣が笑う。僕も笑う。笑えるところでは笑いたい。

大学もバンドもやめて、つながりは途絶えたと思ってた。剣がまたこうして遊びに来てくれるとは思わなかった。何だかんだで、僕はたすけられてる。剣がいてくれて、たすかってる。

惣菜屋は弁当屋とちがい、来客がお昼前に一極《いっきょく》集中するわけではない。集中はするが、一極と言うほどではない。

ランチタイムを過ぎるとお客さんは減るものの、パタリといなくなりはしない。パラパラと断続的に来てくれる。そして午後五時すぎあたりからまた穏やかな波がくる。晩ご飯のおかずを買い求める人たちだ。そんな人たちにも出来たてを提供するべく、午後も調理はする。

閉店は午後八時。なるべく廃棄はしなくてすむよう、量は調整する。それを見極めるのも督次さんの仕事だ。雨が降ればお客さんは減り、売上も減る。そのあたりを考慮しなければならない。でも軒先に並べたトレーや大皿を早いうちに空にすることもできない。

午後四時前。僕はおしゃれ専科出島から戻り、休憩に入る映樹さんと替わって、軒先に立つ。

平日のその時間でも、商店街にはそれなりに人がいる。歩いてる人。自転車に乗ってる人。二人連れには若い人もいる。近くに住む感じではない。わざわざ来た感じ。服装で何となくわかる。お出かけ感が強く出る。

で、そんな男女がおかずの田野倉の前で立ち止まる。ズラリと並んだ各種揚げものに目を留める。

いつものように、その時点ではまだ僕は二人を見ない。まずはゆっくり見てもらえばいいのだ。どんな種類があって、値段はいくらなのか。

女性が言う。

「やっぱりだ」

その声はやや大きい。隣の男性にでなく、商品陳列台の内側にいる僕に言ってるように聞こえる。

チラッと見る。思ったとおり、女性はこちらを見てる。反射的に言う。

「はい？」

「柏木くんだよね？」

「あぁ。はい」

女性の顔を見る。まじまじと、にはならないよう気をつけて。

「残念。わからないか」

そう言われ、しかたなく見る。まじまじと。

「もしかして、えーと、八重樫《やえがし》さん？」

「そう。もう八重樫さんではないけど、でも八重樫さん。今はイザキ。井戸の井に川崎《かわさき》の崎で、井崎。よかった。覚えててはくれたんだ」

「青葉《あおば》さん、だよね？」

「うん」

下の名前が青葉だ。高校の同級生。つまり、鳥取の出身者。三年のときにクラスが同じだった。卒業してまだ一年半。すぐに気づかなかったのは、髪型が変わったからだ。といっても、当時の髪型をはっきりとは思いだせない。もう少し長いストレート、だったような気がする。今は、何だろう、レイヤーボブ、とかいうのか。

「どうしてここに?」と尋ねる。

「遊びに来たの。ほら、この商店街がテレビで紹介されてたから、それで」

「あぁ」

「食べ歩きで有名なんだね、ここ」

「うん。といっても、歩き食いは遠慮してもらってるんだけど」

「そうなの?」

「一応。でも、まあ、強制はできないから」

「そりゃそうだよね」と連れの男性が口を開く。「こっちはお客だし」

「タカセリョウくん」と青葉が僕に紹介する。

タカセリョウはスラリとしている。僕よりは十センチ近く背が高い。百八十以上、かもしれない。

そのタカセリョウに向けて、青葉が続ける。

「こちらは柏木聖輔くん。高校のときのクラスメイト」

「ということは、鳥取の？」

「うん」

「砂丘仲間だ」

「砂丘仲間ではないよ。そもそもわたし、砂丘には二、三回しか行ったことないし。柏木くんは？」

「同じ」と答える。

「地元だと、まあ、そうか。おれが東京タワーには一度しか行ったことがないようなもんだ」

「そう。それ」と青葉。

そしてタカセリョウからいきなり質問がくる。

「どこだい？」

「はい？」と聞き返す。

「大学、どこ？」

「あぁ。えーと、どこ大でも。やめちゃったんで」

「え？　法政でしょ？」とこれは青葉。「やめちゃったの？」

「うん」

「法政か。じゃあ、六大学仲間だ。おれ、慶應《けいおう》」

「おぉ。すごい」と言ってしまう。

しょうもないなぁ、と自分でも思うが、東大早稲田《わせだ》慶應にはついつい言ってしまう。僕は、受験できるところまでもいかなかったから。

タカセリョウの大学だけを知るのも変なので、今度はこう尋ねる。

「八重樫さん、じゃなくて井崎さんは、どこだっけ」

「首都大学東京」

「あぁ、そうだ。昔の都立大、だよね？」

「そう。そこの健康福祉学部。二年の今年から荒川《あらかわ》キャンパスに移って、わたしも荒川区民。柏木くんは？　今どこにいるの？」

「この近く。だから江東区民」

「へぇ。そうなんだ」そして青葉は言う。「さっき道ですれちがったの、覚えてる？」

「いや」

「わたしが、前から来たおばさんの自転車をよけようとしたの。そしたら、気づいた柏木くんがサッと道を譲ってくれた」

「そうだっけ」

「そう。そのときに顔を見て、あっと思った。で、服装もそれ。そのあとも見てたら、このお店に入っていったから、来ちゃった」

服装もそれ。調理白衣だ。おしゃれ専科出島に惣菜を届けるときは、帽子だけをとる。店にいるときの格好で行ってしまう。商店街を出なければ違和感はないので。

「ここで働いてるんだ？」

「うん。バイトだけどね。フルで入ってるよ。もう大学はないから」

「やめちゃったのかぁ。鳥取には、結構帰る？」

「いや、帰らない。帰れないっていうのが正しいかな」

「ん？」

「帰る場所が、なくなっちゃって」

「どういうこと？」

「いや、まあ、話せば長いんで」

不穏な気配を察したのだろう。青葉が黙る。その先は訊いてこない。

「こういうとこもたまにはいいね」とタカセリョウが青葉に言う。「じゃあ、そろそろ行こう」

「うん」青葉は僕に言う。「コロッケ食べたいんだけど、ごめん、さっき別のお店で食べちゃった。今度来たときに食べるね」

「無理しなくていいよ」

「連絡先、教えてもらえる？」

「あぁ。うん」

さすがに今は仕事中、ここでスマホをいじるわけにもいかない。ということで、ＬＩＮＥのＩＤを教えた。タカセリョウにも教える形になった。

「じゃあね」と青葉が言う。

連絡するね、とは言わない。当然だ。地元の知り合いと東京でバッタリ会った。連絡先を訊かないのも礼儀としてどうなんだ。そう感じたから訊いた。それだけ。たぶん、連絡はこない。

と思ったのだが、きた。案外あっさり。次の日の夜に。しかも通話で。

ひととおりあいさつをすると、青葉は言った。

「昨日はそんなに話せなかったから、どこかで会えない？」

「おれはいいけど。あの人はいいの？」

「だいじょうぶ。元カレだから」

「だとしても、いいの？」

「いいよ。元カレってことは、ほかの知り合いと同じ」

「同じ、かなぁ」

「同じでしょ。それは元カノのとりよう」

「まあ、そういうことなら」

「いつがいい？」

「店が休みだから、水曜にしてくれるとたすかるかな。来週なら月曜でもいいよ」

「じゃあ、水曜にしよう。ただ、授業が五限まであるから、午後七時とかでもいい？」

「うん。もしあれなら、五限がないほかの曜日でもいいよ。おれも、日によっては五時で上がれるから」

「そんな日はわたしもバイト」

「そうか。じゃあ、水曜にしよう」

「柏木くんは、あの辺に住んでるんだよね？」

「うん。南砂町。商店街の近く」

「じゃあ、あいだをとって、待ち合わせは東京駅にする？」

「あいだ、なの？」

「そうじゃない？　わたし、去年は南大沢《みなみおおさわ》っていうとこで今年は荒川だから、正直、よくわかんないの。東京の地理、まだ全然わかってない」

「じゃあ、東京駅にしよう」

「駅といっても広いけどね。鳥取駅の何倍？」

「十倍まではいかないと思うけど、五倍とか？　確か、新幹線で二十何番線とかあったはず」

「中央口だと広そうだから、八重洲《やえす》の北口とかでどう？」

「いいね。東西線の大手町にも近い」

「じゃあ、そこね。水曜の七時に八重洲北口、改札の外。それでカフェにでも行こ」

「うん」

そしてその水曜日。JR東京駅の八重洲北口で青葉と待ち合わせた。

東西線で大手町まで行くつもりでいたが、その一つ前、日本橋で降りれば三十円安くなることがわかったので、実際にそうした。日本橋から歩いたところで、東京駅までは十分もかからない。

僕が着いたとき、青葉はすでにそこにいた。

「お待たせ」

「待たせてないよ。まだ五分前。乗換アプリを見たのに、早く来すぎちゃった」

「晩ご飯、食べるよね？」と訊いてみる。

「うん」

「何にする？」

「何でもいいけど。お茶は飲むわけだから、初めからカフェにしようか。どこもフードメニューはあるでしょ」

「じゃあ、そうしよう」

夜の今から外に出て店を探すのも何なので、地下に潜った。八重洲地下街だ。チェーン店がいくつかあるようだが、スターバックス慣れしてない鳥取出身者として、おとなしくカフェ・ド・クリエに入った。

僕はたまごのトーストサンドを頼む。ドリンクセットにできるから、割は悪くない。青葉が頼んだのは、サーモンのトーストサンドだ。クリーミーレモンソースなる女子っぽいものがかかっている。ドリンクはどちらもブレンドにした。

二人掛けのテーブル席に向かい合って座り、食べ始める。そう広くはないので、青葉が近い。あらためて緊張する。

「ごめんね。呼び出したりして」と青葉が言う。

「いや、いいよ。休みだし」

「こないだは、ほら、タカセくんがいたから、あんまり話せなくて。でも何か、いろいろ気になっちゃって」

「おれも、正直、気になった」

「名字が変わったと言われたら、それは気になるよね」

「うん」と素直にうなずく。

「お母さんがね、再婚したの。それで八重樫から井崎になった」

「じゃあ、高校のときは、お母さんと二人だったの？」

「そう。知らなかった?」

「知らなかった」

「まあ、知らないか。そんなことはあんまり言わないし」

特に男子には言わないだろう。たまたまクラスが同じというだけの男子には。

「最初はソノ。生まれたときの名前は、遊園地の園で、園青葉。で、中学生のときにお母さんが離婚して、八重樫。で、高校生のときに再婚して、今は井崎。大学に入って東京に出るのを機に変えたの。面倒がないから」

「あぁ。そういうことか」

「もしかして、あのタカセくんと結婚でもしたと思った?」

「そうは思わないけど」

「今のお父さんはね、井崎へイタさん。平たいに太いで、平太。車会社の社員。工場で働いてる」

「へぇ」

「人ごとみたいに言っちゃうけど、いい人。お母さんとは病院で知り合ったの」

「病院で」

「うん。お母さん、看護師だから。看護師と入院患者として知り合った。ドラマみたいで、ちょっと笑った」

「あるんだ？　そういうこと」

「結構あるみたいよ。看護師の出会いの場って、やっぱり病院だし」

「じゃあ、今の学部も、お母さんの影響で？」

「まあ、そうかな。一応、看護師になろうと思ってる」

「看護師か。大変な仕事だよね」

「仕事は大変だけど、その代わり、お給料は悪くないの。求人も多い。実際、お母さんが離婚して二人になったときも困るようなことはなかったし」

「鳥取大にも、その関係の学科はあるんじゃなかった？」

「医学部の保健学科ね」

「私立なら鳥取看護大もあるよね？」

「うん。でも、もう小中学生じゃないし、お父さんとお母さんとは、ある程度離れたほうがいい関係になれるかと思って」

新しいお父さんに余計な気をつかわせたくない、ということかもしれない。

「東京にも来たかったしね。二人ともそれでいいって言ってくれたから。なるべくお金の負担はかけないように、アルバイトもしてる。町屋《まちや》のくつ屋さんで」

「荒川区民、なんだよね？」

「そう。アパートは大学のすぐそば。あらかわ遊園も近いよ」

「子ども向けの遊園地。狭いけど、ちゃんと乗物もある。観覧車とか、ジェットコースターとか。いや、これがジェットじゃないの。確か日本一遅いとかいうんじゃなかったかな」

「それは、ちょっとおもしろそうだね」

「うん。まだ行ったことないから、そのうち行こうと思ってる。って、ごめん。いきなり自分のことをベラベラしゃべっちゃった。柏木くんのことを聞きたかったのに」

青葉はあえてそうしたのだと思う。人に訊くなら先に自分のことを明かすべきだと考えて。

実際、そんなふうに青葉が話してくれたことで、僕もだいぶ話しやすくなった。トーストサンドを食べ、コーヒーを飲んで、言う。

「親がさ、死んじゃったんだよね」

青葉の顔に緊張が走る。何かしら予想はしていただろうが、そこまでのことだとは思ってなかったのかもしれない。

「柏木くんも、お母さん一人だったよね？」

「それは知ってたんだ？」

「うん。お父さんが亡くなったの、高校のときでしょ？」

「そう。二年のとき」

「三年でクラスが同じになってから、聞いた。お父さんが亡くなったばかりだって」

「そうか」

「お母さんもっていう、ことなの？」

「そう」

そこからは一気に話した。

母が突然死してしまったこと。原因はわからなかったこと。職場の人たちのおかげで、そんなには間を置かずに発見されたこと。葬儀のため、鳥取に帰ったこと。遠い親戚の人がいろいろ手伝ってくれたこと。遺品整理だ何だで二週間近く鳥取にいたこと。それから東京に戻り、大学をやめたこと。しばらくは何も手につかなかったこと。おかずの田野倉でメンチを七十円負けてもらったこと。その場で働かせてくださいと言ったこと。雇ってもらえたこと。

遠い親戚の人、に五十万円を渡したことや、鳥取大学のキャンパスで泣いたことは、言わなかった。それは話の本筋ではないと判断して。

思いのほか冷静に話せた。この件についてこんなふうにまとめて話したのは初めてだ。督次さんと詩子さんにも話したが、あくまでも小分けに。まとめてではなかった。

何故青葉には話せたのか。やはり青葉が鳥取の人だからだろう。鳥取を知る青葉と会えて、僕はほっとしたのだ。東京に出て初めてそう感じる。独りになったからかもしれない。

八重樫青葉とは、高三のときにクラスが同じになった。そこで知り合ったと言っていい。それまでは、何となく顔を知ってるという程度だった。

柏木っていう名字カッコいいよね。そう言ってくれた同級生が、実はこの青葉だ。そのあとはこう続いた。わたしも同じ四文字名字だけど、漢字にしても三文字。長い。書くのが大変。

今なら理解できる。樫っていう字だけで時間がかかる。八重樫の前は、園。一文字だった。だから余計にそう感じたのかもしれない。

青葉とは別に仲がよかったわけでもない。そもそも僕は、剣なんかとちがい、女子と気軽に話をするほうではないのだ。高校生のときは今以上にそうだった。クラスが同じとはいえ、青葉とも一学期はほとんど話さなかった。話すようになったのは二学期、九月に入ってすぐにあった文化祭のときからだ。

文化祭のイベントには、有志によるライヴ演奏、があった。僕もそれに出た。エバーグリーン・バンブーズのコピーバンドで出演したのだ。

バンブーズのヴォーカルは里見仲竹《さとみのぶたけ》。男性。でも僕らのヴォーカルは女子だった。バンド名は、かなり恥ずかしい。初めはなぎさにするつもりでいた。そのヴォーカル女子が大《おお》田《た》なぎさだからだ。でもそれはなぎさ自身がいやがり、却下された。ならばということで出てきたのが、聖星誓。せいせいせい、だ。

ギターが坂部《さかべ》誓《せい》で、ベースが柏木聖輔で、ドラムが門馬航星《もんまこうせい》。名前にせいがつくメンバーが三人そろったということで、そうなった。字面《じづら》からして並びはこうだよな、とリーダーの誓が決めた。

僕らの高校には軽音楽部がなかった。ライヴには、あくまでも有志としての出演。ほかにクラスとしての出しものもあった。女子が多い普通科クラス。選んだのはカフェだ。テーブル席として机やイスを並べ、軽食や飲みものを出すあれ。

僕はライヴのための練習があるので、準備にほとんど参加しなかった。気恥ずかしかったから、ライヴに出ることをクラスメイトに伝えもしなかった。結果、理由を言わずにウェイター当番を拒否。おかしな空気にしてしまった。

が、どこからか聞きつけた青葉に言われた。

「柏木くん、ライヴに出るなら言ってよ。言ってくれてたら、ウェイターなんて初めから頼まなかったよ」

「あぁ。ごめん」

完全に僕が悪いのだ。にもかかわらず、青葉は自分からそんなことを言ってくれた。当日、カフェと化した教室のベランダに一人寝転んでライヴの開演まで時間をつぶしていた僕に、売りもののコーラをくれさえした。

あれは本当に驚いた。

そのとき、つかわれない机やイスはすべてベランダに出されていた。だから僕は、そんな机の下に体を滑りこませるようにして寝ていた。

そこへ、上から声がかかった。

「こんなとこで何してんの？」

目を開けると、女子がいた。すぐには誰かわからなかった。青葉だった。さらに一歩近寄られ、スカートのなかが見えそうになったため、あわてて身を起こした。

「何？」

「何？じゃないよ。こっちが訊いたの。何してんの？って」

「あぁ。寝てた」

「それは見ればわかるけど」青葉は手に持ってた紙カップをこちらへ差し出した。「はい、飲んで。コーラ」

「いや、でも。売りものでしょ？」

「どうせ余るから。余るように買ってるから」

「じゃあ、えーと、どうも」

受けとって、飲んだ。空の下での居眠りで渇《かわ》いていたノドにピリッときた。うまかった。

「ライヴ、観に行くよ」

「いや、いいよ」

「何でいいのよ」

「何でってことはないけど」

「お客さんが多いほうがいいに決まってるじゃない。みんなで行く」

「いや、みんなではいいよ」

「こっちの仕事もあるから、行ける人だけで行く」

で、本当に来てくれた。エプロン姿、ウェイトレスの格好のままでだ。女子六人が客席に並んで立ち、奇妙な振りつけで踊った。柏木聖輔～、と声援もくれた。ベースを弾きつつ、笑った。何でフルネーム？　と思って。ちょっとうれしかった。いや、かなりうれしかった。女子パワーを感じた。

でも、それだけだ。その後どうこうはない。しゃべるようになったという程度。それだけでも、クラスの女子とほとんどしゃべらなかった僕にしてみれば大きな進歩だが。

卒業後、誓は鳥取大学の地域学部、なぎさは岡山《おかやま》大学の文学部、航星は近畿《きんき》大学の工学部に進んだ。そして僕が法政の経営。地元に残ったのは誓だけだ。僕が鳥取大学のベンチで泣いてたあのとき、もしかしたら誓もキャンパスのどこかにいたのかもしれない。

誓とも航星ともなぎさとも、高校を卒業してから会ったことはない。で、卒業以来初めて会う高校の同期生がこの青葉。ちょっと不思議な気分になる。もう二度と会わなくてもおかしくはなかったのだ。

それが。たまたまテレビで見たから砂町銀座商店街を訪ねた。そこでおばちゃんの自転車をよけた。その際に僕を見た。そしておかずの田野倉へ。

偶然は偶然。でもよく考えてみれば、実は大した偶然でもない。テレビで見て食べ歩きをしに来たのなら、立ち寄る店は限られる。おかずの田野倉の前でも足は止めるだろう。僕が惣菜を売っていれば、気づきはするだろう。青葉が気づかなくても、僕が気づいたかもしれない。

ただ、あの時刻におしゃれ専科出島からおかずの田野倉に戻れたのはよかった。ちょうどお客さんがいて滝子さんが相手をしてたから、素早く会計をすませて店を出たのだ。そうでなければ、滝子さんと話をしていたと思う。店が暇なら、滝子さんは僕にお茶を淹れたりもしてくれるので。

「大学でバンドはやってなかったの？」と青葉に訊かれる。

「やってたよ。軽音のサークルに入って、バンドを組んでた」

「それは今もやってる？」

「いや、やめた。そんなことやってる場合じゃないから」

「そっか。何かツラいね」

「もう慣れたよ。と言いたいとこだけど、全然慣れない。今でも、うそでしょ？って思うよ」そして無理に笑い、続ける。「普通、亡くさないよね。三年で、両親を。事故で一度に二人をっていうならまだわかるけど、二度に分けてこうなるとは思わない」

「頼りにできる人はいないの？」

「両親の親は早くに亡くなってるし、付き合いのある親戚もいないよ」

「その、いろいろ手伝ってくれた人は？」

「親戚は親戚だけど。まあ、母親が亡くなったことで初めて会ったくらいだから」

トーストサンドの最後の一口を食べ、コーヒーを飲む。とりあえず僕が話すべきことは話した。訊いていいのかな、と思いつつ、言う。

「あの人」

「ん？」

「あの、慶應の」

「あぁ。タカセくん」

「今はもう、付き合ってないの？」

「うん。付き合ってない」

「でも一緒に出かけたりはするんだ？」

「久しぶりにご飯でも食べないかって言われたの。迷ったんだけど、テレビで見たあの商店街のことを思いだして。一人で行くのはちょっとな、と思ってたから、それならっていうんで、言ってみた。そこに行くならいいよって。そしたら、まさかの柏木くん登場。行ってよかった」

それから青葉はタカセリョウのことを話してくれた。

漢字で書くと、高瀬涼。住んでるのは武蔵小山《むさしこやま》。実家の一戸建て。武蔵小杉《こすぎ》みたいに神奈川のほうかと思ったら、東京だという。目黒《めぐろ》区に近い品川《しながわ》区。都立高から慶應大学の経済学部に進み、今、三年。つまり、青葉と僕の一つ上。今年度より日吉《ひよし》キャンパスから三《み》田《た》キャンパスへ移った。

そして首都大学東京健康福祉学部の青葉も、今年度より南大沢キャンパスから荒川キャンパスへ移った。南大沢というのは八王子《はちおうじ》のほうらしい。

で、新キャンパスに慣れたころ、やはり新キャンパスに慣れた高瀬涼から連絡がきたそうだ。新しいとこはどう？　と。以後もＬＩＮＥでのやりとりは続け、こうなった。二人で砂町銀座商店街を訪ね、僕発見。

「知り合ったのは合コン」と青葉はそんなことまであっさり明かす。「去年、南大沢にいたときにあったの。わたし、まだ十八。だからお酒は飲んじゃダメ。実際、飲まなかった」

「うん。お酒の臭い、あまり好きじゃないし。飲まなくていいからってことで、友だちに連れていかれたの。数合わせみたいなもの」

「そうなんだ?」

「わかるよ。去年はおれもよくサークルの先輩に誘われた。数合わせだから誰も狙うな、なんて言われたりして。行かなかったけど」

「行かなかったの?」

「うん。バイトだからって断った。うそにならないよう、あとからバイトを入れたよ」

「うそのままでいいのに」と青葉が笑う。

「でも、何かね」

「連れていかれたなんてズルいこと言っちゃったけど、わたしは、行きたかったかな。正直、魅力は感じたの。やっぱり慶應だし。またズルいこと言っちゃうけど、いろんな人と知り合うのはいいことだよな、とも思って」

日吉というのは神奈川県の横浜市。南大沢と近いのかと思ったら、そんなこともないらしい。だから合コンは中間地点となる町田《まちだ》で開かれた。その町田も、僕はずっと神奈川だと思っていた。実は東京だそうだ。

男女どちらもかなりの距離を移動しての合コン。慶應側は慶應側で、健康福祉学部というところに惹《ひ》かれたのかもしれない。男はやはり看護師関係に弱い。これが例えば剣なら、西船橋からでも町田に出向いてたと思う。

「一応言っておくと、ほんとにお酒は飲まなかったよ」

「それは、偉いね」

「偉くはないでしょ。二十歳になってないんだから。でも高瀬くんにも同じこと言われた。偉いね、そういうとこすごくいいよって。それはそれで、何だかむずがゆかったけど」

その席で連絡先を交換し、高瀬涼から連絡がきて、付き合うことになったという。

「わたし、ちょっと驚いた。合コンでカレシができることもあるんだなって思った」

「しかも初めて行った合コンで、だもんね」

「うん。せっかく東京に出たんだからカレシぐらいつくらなきゃってあせってたのかな。そんなつもりはなかったんだけど」

「あせってなかったのがよかったんじゃない？」

「どういう意味？」

「余裕があったんじゃないかな。男って、ガツガツこられると引いちゃうとこもあるし」

「でも、ちょっとはガツガツしてたかな」

「そうなの？」

「うん。みんな、相当気合が入ってた。行きの電車のなかで、慶應だよ慶應って、ずっと言ってたし。それでわたしも、慶應ってそんなにすごいのかって乗せられた」

「お酒は、今も飲んでないの？」

「飲んでない。でも去年ほどの拒否感はないかな。二十歳の誕生日がきたら飲もうと思ってるよ。飲んでる人って楽しそうだし。何ていうか、つくりものじゃない、いい表情になるよね」

「あぁ。そうかも」

「悪酔いは困るけど」

「うん。誕生日、まだなんだ。いつ？」

「三月。わたし、早生まれなの。損してる感じ」

「損なのかな。得のような気もするけど」

「どうして？」

「だって、ほかの人たちより早くいろいろなことを終えられるわけだよね。就職とかそういうようなことを。若くしてそうできるのは、得なんじゃないかな」

「すごい。初めてそんなこと言われた」

「おれも、初めてそんなこと言ったよ」

コーヒーをお代わりしようかなぁ、と思う。でも次はセットじゃなく単品の値段になるから痛いよなぁ、とも思う。

迷ってるうちに青葉が言う。

「でも結局別れちゃった。半年で」

「それは、どうしてなの？」とつい訊いてしまったあとに足す。「いや、あの、言いたくなければいいけど」

「どう言えばいいだろう。何かね、ちょっとちがうかなって思った」

「ちがう」

「うん。直接のきっかけはあれ。優先席」

「優先席？」

「そう。電車の」

「あぁ」

「デートとかするでしょ？　で、電車に乗る。高瀬くんは、優先席にも普通に座っちゃうの」

「それは、いいんじゃない？　そこしか空いてなければ」

「ほかの席が空いてても、座っちゃうの。わたしはそれがちょっといやなんで、言うわけ。ここは優先席だから移ろうよって。そしたら高瀬くんは、混んできたら移ればいいよって。何度かそういうことがあって、実際に混んでくるまで乗りつづけるようなことはなかったんだけど、そのときは初めてそうなった。わたしたちの前に、七十前ぐらいの人たちが立ったの。たぶん、夫婦。おじいさんとおばあさん、とまではいかないような人たち」

「おじさんとおばさんとも言えちゃうような人たちだ」

「そう。優先席でなかったら譲るのを躊躇《ちゅうちょ》しちゃいそうな。でもそこは優先席。だからわたしは隣の高瀬くんをつついた。立とうよって。そしたら高瀬くんは、座ったままその二人に訊いたの。座りたいですか？　って。わたし、驚いちゃって」

「それは驚くね」

「おじさんのほうは、いいえ、おばさんのほうは、いいですって。で、高瀬くんはわたしに、いいってさって。結局そのまま座りつづけて、わたしたちのほうが先に電車を降りた。そのあと、わたし、ちょっと怒ったの。あれはないよって。高瀬くんは言った。座りたいと言ってれば譲ってたよ。こっちの目の前に立って、譲られるのを待つ。そういうの、おれはいやなんだよ」

「うーん」と言ってしまう。

どうなのだろう。まちがっては、いないのか。優先席という制度がルールであるならまちがってるし、マナーであるなら、ぎりぎりまちがってない。

「高瀬くん、頭はすごくいいの。悪い人でもない。実際、わたしにはすごく優しい。でも、ちょっとそういうところがある」

そういうところ。無理に言うなら、高位にいる善人ゆえの鈍感《どんかん》さ、だろうか。上空から見ていると地上すれすれで起きてることには気づけない、とでもいうような。

「それがきっかけで、別れたの？」

「うん。わたしもそのときは感情的になっちゃって」

「でも、また連絡がきたんだ？」

「そう。あのときは悪かったって、まず謝ってくれた。そうされたらされたで、わたし、自分のことを偉そうだなって思った。いい人でも何でもないのにって。いい人なら、自分だけでも席を譲ってたはずだし」

「それは無理でしょ。何だかおかしな感じになるよね」

「そうかもしれないけど。でもとにかく反省した。わたしも心が狭かったなって。ああいうことを受け入れられないなら受け入れられないで、もっとちゃんと話すべきだと思った。で、今は、もう一度やり直してみようかと思ってる」

難しいところだ。人は、他人にはつい高いものを求めてしまう。自分なら適当な言い訳をつけてやってしまうよくないことも、他人がやると責めてしまう。例えば燃えるごみに燃えないごみを交ぜてしまうとか、そのごみを収集日の前夜に出してしまうとか。

「電車かぁ」と僕は言う。「慶應の人って、デートのときは車で迎えにくるのかと思ったよ。赤いスポーツカーとかで」

「何それ。いつの時代？」

「おれらの親世代が若かったころ、なのかな」

「今もいることはいるんだろうけどね。ちなみに高瀬くんは、車はそんなに好きじゃない。二十三区に住むなら車はいらないって言ってる」

「鳥取では、ないと困るけどね」

「うん。だからやっぱり東京の人なんだなって気はする。こうやって地元の人と会えると、何だかほっとするよ。それまでは意識してなかったけど、あの商店街で柏木くんに会ったとき、ほんとにそう思った。だからつい連絡までしちゃった。迷惑だった？」

「まさか」

　そう。まさかだ。

　東京で鳥取を感じられるのはうれしい。あらためてそのことがわかった。

一人の冬

昔から年に一度はカゼをひく。どんなに気をつけててもひく。

幼児期のことはわからないが、小学校に上がったころからは毎年ひいていた。十二月から二月のどこかで必ずだ。例えば十二月と一月はだいじょうぶだったとする。で、二月も下旬。今年は逃げきれるか、と思っても、きちんと月末にひくのだ。二月は二十八日までしかないのに。

今季もきた。十二月。早めだ。前の冬は二月だった。年度でなく年で区切れば、一年に二度、ということになる。

前夜からおかしかった。ノドが少し痛み、頭も少し痛んだ。一晩寝ても、どちらの痛みもとれなかった。が、痛みが増すこともなかったので、普通に出勤した。

その日は遅番。軒先に立ち、各種惣菜を売っていた。

昼とはいえ十二月。吹きさらしの軒先。寒い。調理白衣の上に私物のダウンジャケットを着てても寒い。寒気がするわけではなく、実際に寒いから寒いのだ、と思っていた。いきなりクラッときた。あれっと言い、二、三歩よろけ、どうにか柱につかまった。

背後にいた一美さんに言われる。

「ちょっと、聖輔くん、だいじょうぶ？」

「だいじょうぶです」

「だいじょうぶです」

「だいじょうぶじゃないよ。顔が赤い。熱があるんじゃない？」

「いや、たぶん、そんなには」

「そんなにはって言っちゃってるじゃない」

その声を聞きつけてやってきた詩子さんが言う。

「いろいろあって、疲れがたまったんでしょ」

遅れてやってきた督次さんも言う。

「今日はもういいよ。帰れ」

「いえ、だいじょうぶです」

「聖輔がだいじょうぶならだいじょうぶって話じゃないんだよ」とこれは映樹さん。「も

しかしたらインフルエンザかもしれないだろ？　もしそうなら、うつされてウチらが全

滅、なんてことになりかねない」

「というよりは」と一美さん。「お客さんにうつしちゃマズい」

「ああ」と言う。「そう、ですよね。それは、マズい」

「ほら。何か、ぼーっとしちゃってるじゃない」

「確かに」と映樹さんも続く。「普段のおれよりぼーっとしてるよ。無理無理。帰れって」

「ほんとにいいから、医者に行ってこい」と督次さん。「金がもったいないなんて言うなよ。何ならそのくらいは出すから」

「いえ、それは」

「ともかく、帰ってゆっくり休め」

「はい。すいません」

「明日も、ダメそうなら無理に出てこなくていいからな」

「はい。ほんと、すいません」

ということで、二階の更衣室兼休憩室で着替えをすませ、あいさつをして店を出た。

こうなると人間は弱い。ヒートテックのインナーにフリースのジャケットにダウンジャケット。厚着をしたはずなのに、寒気を覚える。足どりもふらつく。自分を病人と認めた途端、そうなってしまうのだ。

まだ午後二時すぎ。陽も高い。どうにかランチタイムは持ちこたえられてよかった。十一時半に来て十二時台や一時台に離脱していたら、もっと大きな迷惑をかけてしまうところだ。

できれば病院には行きたくない。が、行かざるを得ない。インフルエンザなら何日か休ばならない。だからアパートに戻らなければならない。その判断を、してもらわなければならない。落としたらこわいので、普段、健康保険証は持ち歩かない。だからアパートに戻らなければいけない。どっちみち、医院の午後の診察は三時からだろう。

ふらつかないよう気をつけて、ワンルームの我が家、レント南砂への道を歩く。急がない。ゆっくりとだ。

前からカラスが飛んでくる。街なかにしては低い。人に慣れているのか、僕の目線と同じ高さでこちらへ向かってくる。そして数メートル前で上昇する。

ワサッ、ワサッという羽音がはっきり聞こえる。それも案外大きい。いつもは聞こえない音。近くなら、聞こえるのだ。考えてみれば、そうだろう。あの体を宙に浮かせ、移動させる。そこそこの力が働いてないはずがない。

あとを追って振り返る。歩きながら見るのはキツいので、完全に立ち止まる。

カラスは街灯に留まる。電柱からおじぎをするように車道の上へとのびる街灯にだ。まさに、おじぎをする人の後頭部に乗っている感じ。

カラスだけではない。あの街灯にはいつも何かしら鳥が留まっている。だからいつも下の車道がフンで白くなっている。ほかの街灯と何がちがうのかよくわからない。鳥にしてみれば留まりやすいのだろう。何かいいところがあるのだ。

と、そこまで考えて、思う。それ、今考えることか？

思考を制御できない。やはり、ぼーっとしているのだろう。

向きを戻して、歩きだす。すぐに立ち止まり、交差点で信号を待って横断歩道を渡る。

また少し歩いてアパートに着く。

部屋は二階。階段をゆっくり上り、カギを解いてドアを開ける。

生還。

と思ったら、なかには人がいる。

剣。と、もう一人。女子。

驚くが、熱があるせいか、その驚きが表に出ない。

部屋が暖かい。エアコンが利《き》いているようだ。

床は板張り。ベッドは置いてない。そこにフトンを敷いて寝る。そのフトンが敷かれてる。二人はその上にいる。寝そべっている。で、僕を見て、飛び起きる。バネがついてるみたいに。

「何?」と女子が言い、

「あせったぁ」と剣が言う。

あせったのは僕だ。でもやはり熱のせいか、声も出ない。

幸い、二人は服を着ている。いや、服までは着てない。下着はつけている、という状態。剣は下だけ。女子は上下。その前、ではなく、その後、らしい。

　女子が毛布を引っつかんで体を隠す。僕の毛布だ。去年ニトリで買った。

　後ろ手にドアを閉める。でもなかには上がらない。くつを履いたまま、狭い三和土《たたき》に立ち尽くす。

「ちがうんだよ、聖輔」と剣。「これ、おれのカノジョ」

「ちがうって、何がちがうわけ?」とそのカノジョ。

「だからデリヘル嬢とかそういうんじゃないってこと。そういうのを呼んだわけじゃないってこと」

「何、人のことデリヘル嬢とか言ってんのよ」

「だから言ってねえよ。ちゃんと聞けよ。そういうんじゃないって言ってるだろ?」次いで剣は僕に言う。「こいつ、カノ。カノジョって意味のカノじゃなくて、ナリマツカノ。成田《なりた》の成に松屋《まつや》の松に可能性の可に乃木坂《のぎざか》の乃で、成松可乃」

「何、こいつとか言ってんのよ」とそこでも成松可乃が言う。

「今はいいだろ」

「ダメだよ。いつだってダメだかんね」

「わかったよ。聖輔、可乃な?　こいつじゃなくて、可乃」

「うん」と返す。

「あれだよ。ほら、前に言ってたろ?　カラオケがうまい子をヴォーカルとしてバンドに入れようって。あれがこいつ。じゃなくて可乃」

「あぁ」そして訊く。「付き合ってたんだ？」

「バンドには入らないことになったから。そんならと思って」

「何それ」と可乃。「そんな話、知らないんですけど」

「いや、言ったろ。飲んでるときに」

「覚えてない。いつよ」

「いつかまでは、おれも覚えてないけど」

だとすれば、あれか、とぼやけた頭で考える。清澄と僕が賛成しなかったので、可乃はバンドに入らなかった。だから今こんなことになってるわけだ。こんなこと。バイト前に部屋で寝させてくんね？　のはずが、部屋をラブホテル代わりに利用されること。

「何で帰ってきちゃうわけ？」と可乃が剣に言う。「あんた、許可とったたって言ってたじゃん」

「許可はとったよな？　聖輔。いいって言ったよな？　部屋をつかっていいって」

「つかうというか、寝てもいいとは言ったけど」

「だから寝てんじゃん、二人で」

「バカじゃないの？」とこれは僕でなく、可乃。「何、つまんないこと言ってんのよ」

「初めからこうするつもりだったわけじゃないんだよ」と剣がなおも僕に言う。「これはほんと。ただ、ほら、何度か寝させてもらったあとに、思ったんだ。別に一人増えても同じだよなって」

「同じでは、ないでしょ」と言う。「それは、まったく別の話になるよ」

「やっぱ許可とってないってことじゃん」と可乃。

「怒んなよ、聖輔」

「怒ってはいないけど。でも、こういうのはあんまり」

「悪かった。もうしないよ。これが初めてだったんだ。な？　可乃」

「三度めだよ」

「おいおい、お前、そこは乗っかれよ」

「何よ、乗っかれって。というか、お前って言うのもなしだからね」

「いや、だから今はいいだろ、そういうのは」そして剣は話をかえる。「そういや、聖輔、何で帰ってきたわけ？　早くね？」

「カゼ。たぶん、熱がある。今日は帰れって言われた」

「あぁ、だからか。もうちょっと早かったらヤバかった。現場を押さえられるとこだった」

可乃が枕で剣を殴《なぐ》る。僕の枕だ。それもニトリで買った。

「カゼひいてんなら、酒とかは飲めねえか」

「飲めないね。とてもそんな気になれない。考えただけで気持ちが悪い」

「夜は?」

「無理だよ。それまでによくなるとは思えない。というか、剣はバイトじゃないの?」

「じゃない。いくらおれでも、バイトの前にこんなことしねえよ」

というその倫理観はよくわからない。

「今から三人で飲んでもいいんだけど。おれ、お詫《わ》びにコンビニで酒買ってくるし」

「いや、無理。帰ってよ」

「だから怒んなって」

「そうじゃなくて。インフルエンザだと、うつすかもしれない」

「あぁ。そういうことか」

「わたし、あさってテスト。後期のテスト受けられなかったから単位落とすとか、そういうのは避けたい」

「おれも明日テストだよ」

なのにこんなところでこんなことをしてたわけだ。さすが剣。

「しかたない。じゃ、帰るか。聖輔、そんなとこに立ってないで上がれよ。自分ちなんだから」

「まだダメ」と可乃。「服着るから待って。後ろ向いて」

言われたとおり、後ろを向く。玄関のドアを間近に見る。

築三十年のアパート。そのドア。色はベージュ。くすんでいる。前はもっと白かったのか。

二分後、剣に言われる。

「はい、オッケー」

振り返る。二人とも、服を着ている。

「メイクもしたいんだけど」と可乃が剣に言う。

「可乃はメイクをしなくてもきれいだって」

「今言われてもうれしくない」

「じゃ、また言うから。今日はいいだろ、そのままで。じゃあ、聖輔。上がれよ」

「うん」

上がる。やっと帰宅。鳥取時代も含め、自分の家でここまでのお預けを食ったのは初めてだ。この一度にしてほしい。

可乃が僕に言う。

「剣に部屋なんか貸したら、そりゃこうなるよ」

「こらこら。何てことを」と剣。

「剣がこんなことするだろうって、思わなかった?」と訊かれ、

「思わなかったよ」と答える。

「ほんとに？」

「ほんとに」

可乃が何を言いたいのかわからない。

こうだ。

「盗撮とかしてないよね？」

「え？」

「盗撮。どっかにカメラとか、ないよね？」

「まさか。ないよ」

「剣もグルだったりして」

「マジかよ。すげえこと言うな、お前」

「だからお前もなしだって言ってるでしょ」

「おれ、エロいことはエロいけど、さすがにAV男優になる度胸はねえわ。そこまでの技量も持ち合わせてない。それに、盗撮するくらいなら初めから可乃に頼むよ。撮らせてくれって」

「頼まれて撮らせるわけないでしょ。バカ」

「とにかくおれはそんなことしねえよ。まあ、こうなることを見越して聖輔がカメラを仕込んでる可能性はゼロとは言えないけど。って、これ、冗談な。本気にすんなよ、聖輔」

「しないよ」

「そんじゃ、可乃をバス停まで送っていくわ」

剣はスマホで亀戸《かめいど》駅前行のバスの時間を調べた。さすが三度め。手慣れている。剣自身が利用するのは東西線だからバスには乗らないのに、亀戸駅前行という言葉がすぐに出てきた。

そして剣は実際に可乃をバス停まで送っていった。

で、戻ってきた。フトンを整えた僕が、健康保険証を手に部屋を出ようとしたまさにそのときにだ。

「お、何だよ。聖輔、出かけんの？」

「病院」

「あぁ、そうか。歩き？」

「うん」

「おれも途中まで一緒に行くわ」

「駅とは反対の方向だよ」

「なら、まあ、そこの角まで」

二人で階段を下り、外に出る。

剣が言った角までは、本当にすぐだ。百メートルもない。並んで歩道を歩く。

「いやぁ、可乃に言われて気づいたよ」と剣が言う。

「何？」

「盗撮というか、自撮り。やろうと思えばできたんだな」

「そういうの、自撮りって言わないよ」

「おれと聖輔が組んでれば、マジですごいのが撮れたろ」

剣の顔を見る。じっと。

「いやいや。本気じゃねえって。言われてみればそうだなと思っただけ。しねえよ、そんなこと。信用しろよ。って、できねえか。部屋を勝手につかっちったし」角が迫ってきたからか、剣は早口になる。「けどさ、聖輔。こういうことはもうしないから、部屋で寝させてもらうのはいいだろ？」

「いいけど。事前に言ってほしいよ」

「もちろん、言うよ。今日は可乃がいたから言えなかっただけだし」

「あの人も、法政？」

「いや、共立《きょうりつ》。国際学部だったかな。妹は高校生。サノ。さんずいに少ないで、沙乃。だからわたしは佐野《さの》さんとは結婚しないって言ってる。佐野沙乃になっちゃうから」

「会ったことがあるわけ？」

「いや。可乃に聞いた。スマホで画像も見せてもらった。これがさ、かなりかわいいんだよ。正直、可乃以上」

「カラオケはうまい？」

「そこまでは知らない」

可乃以上。剣、だいじょうぶだろうか。

角。交差点に着く。そこの横断歩道を渡ってから、剣は右へ、僕は左へ行く。

歩行者用信号が青に変わるのを待つ。

「バンドはやってる？」と尋ねてみる。

「やってるよ」

「ベースは？」

「センゴ。一年の」

「えーと、石井《いしい》くんだ」

「そう。一年同士のバンドでつまんなそうにしてたから、おれが引き抜いた。入学したときよりはずっとうまくなってるよ。聖輔よりは下手だけど、おれのギターよりはうめえな」

軽音サークルノイズの石井千五くん。父親は十五《じゅうご》さんだという。ずっとネタだと思ってたが、事実らしい。

大学に退学願を出した日に、キャンパスでたまたま会った。柏木さんやめるんですか？と言われた。今願《ねがい》を出してきた、もう学生じゃないよ、と返した。間がもたなかったので、自分から尋ねた。親父さんの名前、ほんとは何ていうの？　ほんとに十五ですよ、との答がきた。

信号が青になる。歩きだす。横断歩道を渡り終えるところで、剣に言う。

「おれはこっちだから。じゃあ」

「じゃあ。マジで悪かったな、聖輔」

右手を軽く挙げ、剣は去っていく。僕が待つ信号を一緒に待ったりはしない。あっさりしている。そこは剣の長所だと思う。

それから歩いて医院に行った。三十分待たされ、診《み》てもらった。検査をし、さらに十五分待たされて、結果が出た。

医師の先生は言った。

「インフルエンザではないですね」

目覚まし時計は持ってない。東京に出てきたとき、買おうか迷い、買わなかった。今やソーラー電波の目覚まし時計さえ二千円程度で買えるが、その二千円を惜《お》しんだ。

だから、毎朝スマホのアラームで起きている。充電切れはこわいが、それさえ気をつければ問題ない。一度だけ出席重視の授業に遅刻したことがあるが、そのときも、目を覚まさなかったわけではない。アラームを止めて二度寝してしまったのが原因だ。

僕同様、映樹さんもスマホのアラームを頼りにしていたらしい。で、やってしまった。二度寝ではなく、セット忘れ。初歩も初歩のミスだ。

結果、二時間の大遅刻。仕込みに穴をあけてしまった。

前回のバス遅刻の際も連絡はしてこなかったので、今回もそのパターンだろうと督次さんと詩子さんは思った。だから映樹さんが十五分遅れても自分たちからは電話をかけなかった。かけてみろ、と督次さんは言ったらしいが、今ごろバスに乗ってるでしょ、と言って、詩子さんはかけなかった。

三十分が過ぎたところで、督次さんが自らかけた。その電話で映樹さんは起きたらしい。

あ、すいません。すぐ行きます。

で、実際に来たのは、それから一時間半後。

映樹さんの一之江のアパートからおかずの田野倉までは、電車とバスで三十分。さすがに督次さんは怒った。

「寝坊すんのはしかたない。ダメはダメだが百歩譲ってしかたない。でもそのあとが遅すぎる。十分で出ろ。すぐ来い」

「出ましたよ、すぐ」

「だったら、あと三十分は早く来られるだろ」

「朝はなかなか動かないんですよ、体が」

「寝坊したときは無理にでも動かせ。それができないなら、もっと早く起きろ」

「これからはそうします」

「で、こんなときに駅でバスを待つな。走ってこい。たかが停留所三つだろ」

「だって、バスはそこそこ本数がありますよ。待ったところで二分も変わらないです」

「二分早く来られるなら来るべきだろ」

「まあ、そうですけど。でも一時間半の遅刻も一時間二十八分の遅刻も、変わらなくないですか？」

「それは遅れたお前が言うことじゃない。聖輔にだって迷惑をかけたんだぞ」

「あ、いえ、僕は別に」と口を挟む。

「でも聖輔は近いから」

「お前だって、遠いというほどじゃない」

　僕は映樹さんが三十分遅れた時点で、つまり督次さんが映樹さんに電話をかけた直後に、急遽《きゅうきょ》呼ばれた。先を見越した督次さんが今度は僕に電話をかけたのだ。聖輔、悪いけどすぐ来られるか？　と。

　僕もその電話で起きたが、映樹さんも言うように近いので、三十分後にはもう店にいた。まだ肉を切ったり各種サラダをつくったりできる程度。でもいないよりはましだろうと思った。

　のだが、こうなると、何だか映樹さんに悪い。まるで映樹さんの遅刻を際立たせるために急いで出てきたみたいだ。

「お前がもし一人で店をやってたらどうする」と督次さんが映樹さんに言う。「これだけのことで、もう店は開かないんだぞ。お客さんがわざわざ買いに来たら、定休日でもないのにやってない。シャッターに貼り紙の一つもない。そんな店、すぐにつぶれるぞ」

「でもおれは一人で店をやってるわけじゃないですし。やってたら、さすがに遅れませんよ」

「自分の店じゃないから遅れたってことか？」

「そうじゃないですけど」

「おれの店はつぶれてもいいってことなのか？」

「ちょっと」と詩子さんがあわててとりなす。「そんなキツいこと言わなくても」

「お前がそうやって甘やかすから、映樹もこれでいいと思うんだ。こんなもんでいいと思っちゃうんだ」

「だって」

「だって何だ」

「何でもない」

「言えよ」

「もう長く一緒にいるから、何だか自分の子みたいな気がしちゃうんだよ」

「自分の子なら、厳しくしなきゃダメだろ」

督次さんと詩子さんには子どもがいない。できなかったのだ。できないのを承知で、督次さんは詩子さんと結婚した。一美さんがそう言っていた。一美さんは詩子さんに直接聞いたらしい。

「なあ、映樹」と督次さんが言う。

「はい」

「次やったら、おれも考えなきゃいかん。民樹とは友だちだけどな、それとこれとは話が別だ」

「クビってことですか?」

督次さんは答えない。その言葉が映樹さんから出てきたことに驚いているように見える。

詩子さんが心配そうな顔で二人を交互に見る。

僕はそんな三人を見る。内心、オロオロしてしまう。

時刻はすでに午前十時すぎ。その日最初のお客さんが来る。

「いらっしゃいませ」と声をかける。それでやっと体が動く。

こんなスタートはあまりよろしくない。店に勤めたことがある人はわかると思う。開店時の空気の悪さというのは、案外尾を引くのだ。


その後何日かして、アパートに意外な来客があった。

僕は調理師試験のための勉強をしていた。午後九時すぎに、ウィンウォーン、とインタホンが鳴った。誰だろう、とちょっと警戒した。でも剣かもしれないと思い、受話器をとった。

「聖輔くん、久しぶり。船津だよ」

「え？」

「鳥取の」

「あぁ、はい。どうも」

玄関のドアを開けた。確かに基志さんだ。船津基志さん。僕の従叔父。久しぶり、というほどではない。あれからまだ半年も経ってない。

「どうしたんですか？」

「こっちに来たからさ、聖輔くんは元気かと思って」

「そうですか」

「ちょっと入っていい？」

「どうぞ」

招き入れた。すでに敷いてあったニトリのフトンを敷掛まとめて二つ折りにしてスペースをつくる。

一応、お茶を出す。マグカップに注いでレンジで温めた、ペットボトルのお茶。剣が来たときもそうするのだ。というか、剣が勝手にする。

ミニテーブルを挟んで、基志さんと向かい合う。

「八時前にさ、一度来てみたんだ。そしたら、いないみたいだったから」

「すいません。まだ仕事中でした」

「何してんの？　仕事」

「惣菜屋です。商店街の」

「へぇ。何て店？」

「おかずの田野倉、です」

「おぉ。惣菜屋っぽいね。それは、バイト？」

「はい。いずれ調理師の試験を受けようかと」

「そうか。資格をとるのはいいかもね」基志さんはマグカップのお茶を飲んで言う。「バイトだとしても、ちゃんと働いてはいるわけだ」

「どうにか」

「生活も成り立ってると」

「ぎりぎりですけどね」

「でもよかった。安心したよ」

「ありがとうございます」

「おれ、東京のことはよく知らないんだけどさ、この辺は、いい場所なの？」

「いい場所というほどでは」

「家賃、いくら？」

「五万六千円です」

「何だ、思ったより安いんだな。鳥取ほどじゃないけど」

「こっちに、何か用があったんですか？」と訊いてみる。

「用といえば用だね。おれもこっちで働こうかと思ってさ」

「向こうの仕事は、どうするんですか？」

ホームセンターの仕事だ。

「こっちでいいのが見つかったらやめるよ。何ならこのままやめてもいい。所詮《しょせん》はバイトだから」

「それはあんまり」

「よくない？」

「えーと、まあ」

「いいんだよ。会社だって、バイトの扱いは適当なんだから。正社員登用の道もあるなんて言うけど、そんなのうそ。新卒で入るのと同じくらい条件は厳しいんだ。それでいったい誰が正社員になれんのかって話だよ」基志さんは部屋を見まわして言う。「でさ」

「はい」

「三十万ぐらい用立ててくんないかな」

「はい？」

「三十万。金、あるよね？　共済の保険金が下りたよな？　竹代さんの」

「あぁ。でも、百万だし」

「百万。充分でしょ。そのうちの三十万、まわしてよ」

何でですか？　と言いそうになる。ここでの用立てるが貸すの意味ではないことがわかった。それが伝わったのだろう。基志さんは言う。

「葬儀のこととか遺品整理のこととか、いろいろ手伝ったよね？　というか、ほとんどおれがやったようなもんだよね？　あの整理屋にもさ、かなり負けさせたのよ。ほんとはあれじゃすまなかった。だからさ、そのくらいしてくれてもいいんじゃない？　遠慮して三十って言ってるけど、おれは五十でもいいと思ってるよ」

「いや、それは」

「それは、何？」

「いくら何でも厳しいかと」

「五十で厳しいなら三十でもいいよ」

「いや、三十でも」

「葬儀だ何だで、おれも何日も仕事休んでるわけ。その分、稼ぎも減ってるわけ。わかる？　普通、いとこの葬儀で仕事は休めないよ。でもおれは休んだ。考えてくれてもいいだろ」

「うーん」

「うーん、じゃなくてさ。聖輔くんは恩を受けたわけだよね？　おれに」

おれに恩を受ける。すごい言い方だと思う。恩。それこそ普通は恩を受けた側が口にする言葉だろう。

狭いワンルームにいやな空気が流れる。剣と可乃に出くわしたときだって、ここまでの空気は流れなかった。少なくとも二人のうちの一人は剣だという安心感があった。今はない。基志さんは、一応、親戚だというのに。

これ以上は空気を悪くしたくない。でも言ってしまう。

「五十万円。母は借りてたんですか？」

基志さんの反応は早い。

「は？　うそだって言うのか？」

いきなりそんなことを言われて憤慨した、ととれなくもない。が、痛いとこを突かれてあわてた、ともとれないでもない。

「参ったね。身内に疑われんのか。葬儀を手伝って、ほかのあれこれも手伝って。そんで、たかり屋扱いか」

たかり屋だとは思ってない。初めからそのつもりだったとは、思ってない。でもどこかの時点でこれは利用できると気づいたのではないか。そう疑ってしまってはいる。根拠はない。なのに疑うのだから、自分をいやなやつだと思う。

基志さんも黙る。沈黙が重い。

無理やり口を開く。

「ちょっと考えさせてください」

「考えることかよ。考えて、何か変わんの？」

「わかりませんけど。とにかく」

チッと舌打ちされる。隠す意思のない舌打ち、相手に聞かせるための舌打ちだ。身内からはあまり聞かれない類の。

「じゃあ、まあ、考えてよ」と基志さんは投げやりに言う。「でさ、今日はここに泊めてくんない？」

「いえ、それは」

「そのくらい、いいでしょ」

「友だちが来るんですよ」

「今から？」

「はい。バイト終わりに」

とっさにうそをついた。今ここで基志さんを泊めるのはマズい。そのまま居つかれるかもしれない。はっきりそう感じた。それはいやだと。

想定したのは剣だ。前はバイト終わりによく来てた。何なら本当に呼んでもいい。うそをうそでなくすためにも。こちらから誘えば剣も来るだろう。

さすがに基志さんも無理に居座ったりはしない。お茶を飲み干して、立ち上がる。

「しかたない。行くわ。宿を探さなきゃいけないから」

「すいません」

「謝るくらいなら泊めろよってことだけどね。まあ、それはいい。早く考えてな。じゃあ、また」

最後にまたがつく。やはりつくかと思いながら、返事をする。

「はい」

基志さんが三和土でゆっくりくつを履く。出ていく。

玄関のドアを閉める。すぐにカギをかけたいが、そこは十秒待つ。一から十まで、きっちりと数える。そして静かにカギをかける。次いでドアチェーンもかける。

ドアチェーン。かけるたびに、母のことを思いだす。つまり、毎日。


休憩の時間は決まってない。調理の具合やお客さんの具合を見て、適宜《てきぎ》、とる。基本は一人ずつ。でもたまには督次さんや詩子さんに言われることもある。例えば今日は督次さんだ。

「一美ちゃんと聖輔、一緒に休んじゃって」

一美さんと僕は二階に上がり、更衣室兼休憩室で休む。二人、丸イスに座って。

おかずの田野倉では誰もタバコを吸わない。昔は督次さんが吸っていたが、詩子さんの二十年に及ぶ説得が実り、やめたという。だからその休憩室に灰皿はない。

休憩中は特にすることもない。せいぜい、スマホを見る程度。

右隣の一美さんに訊かれる。

「ねぇ、聖輔くん。中学のとき、何か部活やってた？」

「中学ですか。一応、陸上部でしたよ」

「そうなんだ。種目は？」

「ハードルです」

「へぇ。すごい」

「すごくないですよ。まさに一応やってた感じです。みんな何かしら部に入れと言われてたんで。で、足はそんなに速くなかったから、技術でごまかせるかと思ってハードルに」

「ごまかせた？」

「全然です。百メートル走が速い人のほうがハードルでも僕より速かったですよ。技術、なかなか身につかなかったです。中二ぐらいでやっとコツをつかんで、ハードルを跳《と》ぶ形はきれいだと言われましたけどね。でもただきれいなだけで、スピードはないという。だから大会にはほとんど出られませんでした」

「いいね。速くはないけどきれい。ここでの仕事ぶりみたい。って、そう言ったら失礼か。速くない、はひどいよね」

「いえ。速くないどころか、遅いですよ。きれいでもないし」

「そんなことない。仕事は丁寧《ていねい》だよ。わたしよりずっと丁寧」

「まさか。僕が一美さんに勝る点は、今のところ、重いものを持てるってことだけですよ」

「何よ、それ」と一美さんが苦笑する。

「で、その部活がどうしたんですか?」

「そうそう。準弥がね、四月からは三年生だっていうのに、バンドをやるとか言いだしちゃったのよ」

「バンドを」

「うん。部活は何もやらなかったくせに、ここへきていきなり。何でも、文化祭のときに音楽室だか視聴覚室だかでライヴができるようになるとかで」

「中学でそれはいいですね。一美さんは、反対なんですか?」

「まあ、受験だしね。と、そう思う一方で、やらせたい気持ちもちょっとあるの。準弥が自分から何かやりたいって言うのは初めてだし。ただね、話をよく聞いてみたら、やらされる感じなのよ」

「というのは」

「ギターとヴォーカルはほかの子たちにとられて、ドラムとベースの二択なんだって。もう一人の子は、じゃあ、ドラムがいいかなって言ってるみたい。二択というか、ほぼ一択。一番地味なベース。それでも本人は乗り気なんだけど」

「僕もベースをやってましたよ」

「ほんとに？」

「はい。さすがに余裕はないんで、もうやめてますけど。高校から始めて、大学をやめるまではやってました」

「ごめんなさい。一番地味なんて言っちゃって」

「いいですよ。実際、地味ですし」

「じゃあ、バンドもやってた？」

「やってました」

「バンドって、どう？」

「まあ、楽しいですよ」

「ためになる？」

「なるんじゃないですかね、ちゃんとやれば」

「ちゃんとやれば、か。準弥、ちゃんとやるかなぁ」

「たぶん、付き合いは広がりますよ。おもしろいもんで、バンドって、そんなに仲よくない人ともやれちゃうんですよ。仲はよくなくても音は合う、みたいなこともあって」

「へぇ」

「もちろん、音も人も合えば、それがベストなんですけど」

これは本当だ。例えば剣。音も人も、僕とは合ってないかもしれない。でも一緒にやれた。バンド以外のことなら、やれてなかったと思う。

「楽器は、始めるなら早いほうがいいですよ。僕も中学からやってれば、もうちょっとうまくなったかも。無駄にハードルなんか跳んでないで、ベースをやっておけばよかったですよ。といっても、高校からでも遅くはないですけどね。才能がある人はあっという間にうまくなるし」

「ベースって、難しいの?」

「やる曲によって難しさが全然ちがう、という感じですかね。バカみたいに簡単な曲もありますし、バカみたいに難しい曲もあります。難しくても、そこは自分でアレンジすればいいんで、やれないことはないですよ。いいベースラインをつくれたときなんかは、すごく気分がいいです」

「値段、いくらぐらいするもの?」

「高いのは高いけど、安いのだと二万円ぐらいのもありますよ」

「二万かぁ。安いと言っても高い」

「もっと安いのもあるにはあるんですけど、安すぎるのは避けたほうがいいかもしれません。ネックが反《そ》りやすかったりチューニングが狂いやすかったりするんで」

「ものがしっかりしてないってこと?」

「というか、楽器って、同じメーカーで同じ型番のものでも、一つ一つ微妙にちがったりするんですよ。安すぎるのだと、ハズレにあたる可能性が高くなるかと」

「なるほど。そうかぁ」

「でも最近の二万円のものならだいじょうぶなのかな。すいません、惑《まど》わすようなこと言っちゃって」

「二万。買ってあげられるとしても来月。いや、再来月かな。何せ、ほら、晩ご飯のおかずもいつもここで頂いちゃってるくらいだから」

「あぁ」としか言えない。

　僕もキツいが、一美さんもキツいのだ。

「ごめん。聖輔くんにそんなグチ言っちゃダメだよね。わたしよりずっと大変なのに。いや、大変てわたしが決めちゃうのも失礼か。それもごめん」

「いいですよ。決めちゃってください。実際、ムチャクチャ大変ですから」とそう言ってみて、思う。「いや、僕こそ大変なんて言っちゃいけないですね。僕は一人ですけど、一美さんは二人。準弥くんもいるわけだし」

「わたしに言わせれば、聖輔くんのほうがずっと大変だよ。わたしは、準弥がいてくれるからがんばれる。いざとなったら頼れる親もいる。まあ、年金暮らしに入っちゃったから、そんなには頼れないけど」

一美さんは、二十歳の僕にそんなことまで言う。かまえない。男女どちらにも壁をつくらない人だ。見習わなきゃいけない。

「あの、一美さん」

「何？」

「こんなこと訊いちゃいけないのかもしれないですけど」と言いつつ、訊いてしまう。

「養育費って、普通に生活できるぐらいもらえるものなんですか？」

「もらえないもらえない。養育費だけで生活できるのは、それこそ元夫が芸能人とか社長さんとか、そんな人だけでしょ。一般レベルじゃ、もらってない人のほうが多いはず」

「そうなんですか？」

「そう。初めは払うのよ、元夫も。でも何だかんだと理由をつけて、途中から払わなくなる。もういいやと、どこかで勝手に思っちゃうんでしょうね。ウチは額が少なくなった程度だけど、まったくもらえなくなる人もいるって話」

「ありなんですか？　そういうのは」

「なしなんだけど、現実にはそうなっちゃう。請求して、無視されて、弁護士さんに相談して、なんてやってるうちに妻の気が萎《な》えちゃうのね。もういい、関わりたくない、になっちゃう。弁護士さんに頼むのもただじゃないから」

「そう、ですよね」

「なかには、お金は払わないくせに子どもには会わせろなんて言ってくる厄介《やっかい》な元夫もいるみたい」

「一美さんのところは」

「ウチはだいじょうぶ。まあ、額を少なくされてるんだから、ほんとは会わせなくてもいいんだけど」

「会わせてるんですか」

「うん。それは準弥の権利でもあるから。でも毎月とはいかない。今は半年に一度。次会うときに、ベースを買ってくれって準弥にねだらせようかな。って、それは冗談だけど。聖輔くんも離婚はしないほうがいいわよ。ほんと、大変だから。と、そうは言っても、しちゃうのが離婚。しちゃうのが人間」

「参考までにお訊きしたいんですけど」

「どうぞ」

「してよかったですか？　離婚」

「よかったかな。しないに越したことはないけど、せざるを得なかったんだから、できてよかった。ハマナから芦沢に戻ってすっきりしたし」

「ハマナ」

「前の名字。浜名湖《はまな》の浜名。名字を変えさせちゃって準弥には悪いと思うけど、でも浜名より芦沢の期間のほうが長くなって、さすがに慣れたみたい。準弥が小学校に上がるときに変えたの」

浜名から芦沢になった準弥くん。僕の父と同じだ。父も駿河から柏木になった。

僕は父も母も亡くしてしまったが、名字は一度も変わってない。それは幸せなことかもしれない。青葉のように、二度変わってしまう人もいるのだから。

「聖輔くんは、今の話を参考にしなくていいようにね」

「はい？」

「離婚しなくてすむようにしなよってこと」

「あぁ。はい」

「まあ、聖輔くんはだいじょうぶか」

「それはわかんないですけど」

「離婚しても、養育費はちゃんと払ってくれそう」

「ならよかったです」

「って、何、この会話」と一美さんが笑う。

笑っていいことなのか？と思いつつ、僕も笑う。

「一美ちゃん、悪い。ちょっといい？」と階下の詩子さんから声がかかる。

「はい」と一美さんが丸イスから立ち上がる。

続いて僕も立ち上がる。

「聖輔くんはまだ休んでなよ」

「いえ。もう」

そして二人で狭い階段を下りていく。

店に戻るこの瞬間を、僕はちょっと好きになっている。カフェでバイトをしてたときにはなかったことだ。あのころはいつも、もう休憩終わっちゃったよ、と思った。店混まなきゃいいな、とも。今は、もっとお客さん来ないかな、と思う。万が一にもおかずの田倉がつぶれることがないように。


月曜日。今日の休みは映樹さん。珍しい。いつもは僕が休むのだが、たまには連休をとんな、と映樹さんが火曜を譲ってくれたのだ。

商店街には水曜を定休日にしているところが多い。例えばおしゃれ専科出島も水曜定休。でも休まない店もある。リカーショップコボリは無休。休むのはお正月だけらしい。進作さんと裕作さん親子で、どうにかやりくりしているのだ。

月曜の午後三時すぎ。さすがに商店街も落ちつく時間帯。僕が軒先に立っていると、一人の女性がやってきた。

立ち止まり、まずは各種揚げものを見て、それから僕を見る。

あまりにもはっきり見るので、さすがに言う。

「いらっしゃいませ」

二十代前半。僕より少し上ぐらい。その年齢の女性が一人でというのは珍しい。

いくらか間を置いて、女性は言う。

「君が手下だ?」

「はい?」

「映樹が言ってた。おれの手下だって」

「手下、ですか」

「そう。初めてできた後輩。にしても、手下はないよね。でもちょっとうれしそうに言ってた。普段はお店のことをあんまり話さないから驚いた」

「映樹さんのお知り合いですか」

「うん。お知り合い。カノジョ」

「え?」

「だから結構知ってるよ。一之江のアパートからここに通ってることとか、よく遅刻することとか。君のことも、少し聞いた。いろいろ大変だったこととか、映樹とちがって遅刻はしないこととか。まあ、そのあたりはわたしのほうから訊いちゃったんだけど。映樹が手下とか言うから」

「あの、今日、映樹さんは休みですけど」

「知ってる。だから来たの。店長さん、いる？」

「はい。呼びますか？」

「お願い」

二階に声をかけるべく振り向くと、ちょうど督次さんが下りてきた。

「督次さん、お客さんです」

「はいよ」

督次さんがそのままこちらに来て、僕の横に並ぶ。

「えーと、どちらさん？」

「初めまして。ノムラといいます。ノムラアンナです」

野村杏奈さん、だそうだ。

「映樹さんの」と僕が言い、

「カノジョです」と杏奈さんが言う。

「あぁ。何だ。そうなの」

「映樹がいつもお世話になってます」

「いや、こっちこそ。何、どうしたの？　今日、映樹はいないけど」と督次さんも僕と同じことを言う。

「はい。だから来ました」と杏奈さんも同じ言葉を返す。そして素早く頭を下げる。「先月はすみませんでした」

「え？　何？」

杏奈さんは頭を上げて言う。

「映樹がとんでもない遅刻をしてしまって」

そしてまた頭を下げる。

「あぁ。あれ、もう先月か」

今度は五秒ほど待ち、杏奈さんはようやく頭を上げる。

「二時間の遅刻、ですよね？　映樹から聞いて、わたしも驚きました。で、すごく怒りました。あんたバカじゃないのって。わたしの店なら一発でクビだよって」

「わたしの店っていうのは」と督次さん。

「あ、わたしがアルバイトをしてるお店です。月島《つきしま》のハンバーガーショップ」

月島。もんじゃ焼きで有名なところだ。確か中央《ちゅうおう》区。

「映樹が遅刻したの、わたしのせいなんですよ。前の夜に二人でかなりお酒を飲んじゃって。その日がわたしの誕生日だったもんだから。でもそんなの言い訳にならないですよね。本当にすみませんでした。それで、あの、これを」

杏奈さんが、手にしていた紙袋を督次さんに渡す。

「何？」

「お菓子です。洋菓子」

「いいの？」

「はい。皆さんで食べてください。映樹以外の皆さんで」

「じゃあ、遠慮なく頂くよ」そして督次さんは言う。「誕生日で何歳になったの？　いや、女の子に歳を訊いちゃマズいか」

「だいじょうぶです。二十三です」

「じゃあ、映樹の一つ下だ」

「はい」

「映樹よりずっとしっかりしてるね」

「いえ、そんなことないです。映樹がしっかりしてないのは確かですけど。その誕生日のときもちょっとはしゃいじゃって。調子に乗って飲みすぎました。それで、スマホのアラームをセットし忘れたみたいで」

「だったら、悪いのはやっぱりあいつだよ」と言う督次さんの声は笑み混じりだ。

「本当に本当にすみません。わたしがもう遅刻はさせないようにします。だから許してください。クビにはしないでください」

「クビって。映樹がそう言ったの？」

「はい。次やったらクビだって」

「それは、あいつが自分で言ったんだよ。おれは次やったら考えると言っただけ。もちろん、そう言ったら映樹がそうとることはわかってたけど」そこでいきなり振られる。「聖輔も、そうとったろ？」

「えーと、どうでしょう。とったような、とらなかったような」

「だいじょうぶ。クビになんてしないよ。でもこの店がつぶれたらどうしようもないから、そうならないよう、おれもがんばる」

「映樹にもがんばらせます。それで、あの、わたしが謝りに来たことは映樹に言わないでもらえませんか？　そのお菓子も、できれば、わたしからではないことに。こういうの、映樹はいやがると思うので」

「わかった。言わないよ。お菓子も、商店街の知り合いからもらったことにする」

「ありがとうございます」次いで杏奈さんは僕に言う。「手下の君もお願いね」

「はい。言いません」と手下の僕も言う。

「じゃあ、すみません、お仕事の邪魔をしてしまって」

「いや。この時間は忙しくないから」と督次さん。「ところで君は、ダイエットとかしてる？」

「いえ。しなきゃとは思ってますけど、まだしてないです」

「そうか。揚げものなんかは食べる？」

「はい」

「じゃあ、コロッケでも食べて。聖輔、三つ四つ詰めてやれ」

「はい」と返事をし、さっそくトングをつかむ。

「あ、いえ。買いますよ、ちゃんと」

「いいからいいから。わざわざ来てくれたんだし」

「何かお好きなものはありますか？」と尋ねてみる。

「もう、何でも」と杏奈さんは答える。

「じゃあ、コロッケとカニクリームとハムカツとチキンカツだな。あと、メンチもいっとくか」

督次さんに言われた五品をフードパックに詰める。チキンカツとメンチは大きいので、パックは二つになる。輪ゴムで留めて白いレジ袋に入れ、杏奈さんに渡す。

「すみません。ほんとは買わなきゃいけないのに」

「いやいや。夜にでも食べて。温め直せば、そこそこいけるから」

「それは映樹も言ってました。ウチのは温め直してもうまいって」

「でもあれか、ダイエットはしてなくても、女の子が夜に揚げものはよくないか」

「わたしは平気です。誕生日の夜も、映樹と遅くまで飲んじゃったぐらいですから。じゃあ、これ、いただきます。失礼します」

最後にもう一度頭を下げて、杏奈さんは去っていった。

その姿が完全に見えなくなるのを待って、督次さんが言う。

「かわいい子だな」

「はい」

「映樹にはもったいない」

はい、とは言えないので、言う。

「どう、なんでしょう」

「人の誕生日にはしゃぐのはいいな」

「はい？」

「自分のじゃなく、人の誕生日にはしゃげるのはいい」

「あぁ。はい」

「映樹にあんないいカノジョがいたんだな」

「そうですね。うらやましいです」

「聖輔はいないのか？」

「いないです。それどころじゃないですし」

「そんなふうに考えるなよ。金がなくても、カノジョはいたっていい」

「まあ、はい」

「不思議なもんだよな。ダメな男がいいカノジョに恵まれるなんてことがたまにある。おれがそうだったみたいに」

「そうだった、んですか？」

「ああ。そのカノジョが詩子だよ。そんじゃ、一美ちゃんの休憩が終わったら聖輔も休め」

「はい」

「上に酒屋の進作からもらった缶コーヒーがあるから、飲んじゃっていいぞ」

「いただきます」

督次さんが厨房へと引っこむ。晩ご飯のおかずを買いに来てくれる人のために、まだまだコロッケを揚げるのだ。

「そうだ」とその厨房から督次さんが言う。「聖輔も来週からコロッケを揚げてみろ」

「いいんですか？」

「いいよ。お前がやってくれりゃ、おれもたすかる」

基志さんが店にやってきたのはその翌週。まさに僕が初めてコロッケを揚げた日だ。

アパートを訪ねてきた日から連絡はなかったので、あきらめたのだと思っていた。もう鳥取に帰ったのかもしれない、と自分にいいように考えた。僕の反応があれなのだから、期待してたはずもないだろう。

僕はいつものように軒先に立っていた。歩いてきた基志さんの姿を見たとき、あぁ、と思った。驚きは表情に出たはずだ。その驚きが落胆に変わったのを、隠せもしなかっただろう。

「おぉ。ほんとに働いてるんだね」と言われ、

「そりゃ働いてますよ」と返した。

軽く言うつもりが、口調はやや強くなった。

「どう？ 考えた？」

その質問には答えず、逆にこう尋ねる。

「ずっとこっちにいたんですか？」

「まあね。知り合いがまったくいないこともないんで」

「向こうのお店は、どうしたんですか？」

「やめたのかな。こっちにも似たような店はあるから、そういうとこで働くよ」

「そうですか」

「コロッケ、五十円か。一つもらうわ」

「はい」

「ただにしてくれる?」

「いえ、それは。勝手なことはできないので」

「冗談だよ。おれでも五十円ぐらいは払える」

五十円玉を受けとり、耐油袋に入れたコロッケを渡す。

僕が初めて揚げたコロッケを食べるのが基志さん。世の中には奇妙な偶然もある。大した意味はないが心を揺すられる、そんな偶然が。

「ここで食っていいんだよね?」

「はい。むしろ店の前でお願いします。歩きながらだと、人の邪魔になったり、道路が汚れたりするんで」

「食ってるやつも、いないか?」

「いますけど。一応はそういうことで」

「ふうん」基志さんがコロッケを一口食べる。「へぇ。うまいね。まあ、マズいコロッケもないけど」

期せずして、ほめられる。あまりうれしくない。僕が揚げたからうまいのではない。コロッケがうまい。でもコロッケがほめられれば、つくる者としてはうれしい。はずなのに。

「で、本題ね。どうにかしてよ、三十万。百万のうちの三十万。いいでしょ、そのぐらい。言いたくないけど、こないだの五十万だって、利息はもらってないんだよ。五十万貸して五十万返してもらっただけ。ほんとなら結構ついてるよ、利息。一年半は経ってたわけだから、十万以上。悪徳業者ならもっとだよ」

何にしても、店に来るのはやめてください。そう言いたいが、言えない。コロッケを買われてしまったら、なお言えない。五十円は、僕自身が出せばよかった。

そこへ、映樹さんがロースカツのトレーを持ってやってきた。商品陳列台の隅にそれを置く。いつもなら僕に声をかけて渡すはずだが、接客中だと思ったらしい。でもその相手は僕の前でコロッケを食べている。それを見て、今度は知り合いだと思ったらしい。

「誰？」と僕に尋ねる。

「えーと、親戚の人です」と答える。

「親戚って、鳥取の？」

「はい」

「どうも」と映樹さんが言い、

「どうも」と基志さんが返す。

それ以上はどちらも何も言わない。基志さんは言うかと思ったが、言わない。黙っている。それはそれで変だ。親戚なのだから、聖輔がお世話になってます、くらいのことは言ってもいい。

映樹さんが厨房に戻るのを待って、基志さんは僕に言う。

「店に来られたくないだろ？　おれだって来たくないんだよ。ほんと、どうにかしてよ。無駄に引っぱんなよ」

ふっと短く息を吐き、言う。

「十万円だけ渡します。それで終わりにしてください」

「は？　何で三十が十になるかなぁ」

三十はそちらが勝手に決めたことじゃないですか。とは言わない。代わりに言う。

「それ以上は出せません」

基志さんは僕をじっと見て、コロッケの最後の一口を食べる。そして空になった耐油袋をクシャクシャッと丸め、こちらへ差しだす。

僕はそれを受けとり、足もとの小さなごみ箱に入れる。

「まあ、いいや。じゃ、ちょうだいよ」

「今ですか？」

「今」

無理だと思ったが、思い直した。今のほうがいい。早く終わらせたい。もう店にもアパートにも来させたくない。

「ちょっと待ってください」と言って、厨房の映樹さんに声をかける。「あの、休憩、先に頂いてもいいですか？」

親戚が来たんだから、と思ってくれたのか、映樹さんはあっさり言う。

「いいよ」そしてこう付け加える。「長めにとんな。督次さんにはおれがごまかしとく」

「だいじょうぶです。長くはなりません」

長くはしない。十分に収めるつもりだ。

「じゃ、すいません。ちょっと出てきます」

そう言って、外に出た。調理白衣を着たままだ。財布はパンツのポケットに入っている。キャッシュカードもそのなかにある。

「行きましょう」と基志さんに言う。

「どこへ？」

「郵便局です」

返事を待たずに歩きだす。商店街を出て丸八通りを渡れば、すぐのところに郵便局がある。そこに行くまではしゃべらない。基志さんの顔も見ない。早足で前を歩き、振り向かない。信号もうまく変わってくれたので、ほぼノンストップで郵便局にたどり着く。

基志さんを外で待たせ、ＡＴＭでお金を下ろす。十万円。皮肉にも、十枚すべてがピン札だ。

　外に出て、むき出しのままそのお札を渡す。

「このお金はいいです。実際にあれこれ手伝ってもらってたすかったんで」そして言う。

「でも五十万円は、母に貸してたんですか？」

「またかよ。貸してたよ」

「ほんとですか？」

「ほんとだよ」

　ほんとだよ、とうそをつく人も世の中にはいる。つく人というよりは、つける人だ。平然とうそをつける人。相手にうそだと気づかれてても、動じずにいられる人。

　そう。僕は基志さんの言葉をうそだと思っている。確信している。母は基志さんにお金を借りたりしない。基志さんに限らない。少しは貯金があったのだから、誰にも借りない。

　とはいえ、今なお根拠はない。でもそんなものはいらない。初めて、人が言ったことをうそだと決めつけた。思いのほか罪悪感がない。そのことを、ちょっと残念に思う。

　さっき渡ってきた横断歩道の信号が青になるのが見える。

「じゃあ、これで」と言って、走りだす。

　やはり基志さんの顔は見ない。苦い気持ちを嚙《か》みしめながら、僕は商店街へ戻る。砂町銀座、と書かれたアーチをくぐったその瞬間、戻ってきた、と思う。どこに？　自陣に。ホームに。

その日、仕事を終えてアパートに帰ると、久しぶりにベースを弾いた。

五年弱つかってきて結局楽器屋には売らなかった、アイバニーズのベースだ。ボディは黒。

このところまったく弾かなかったので、弦《げん》が錆《さ》びついている。指先がサリサリする。何でもそう。つかわないと、道具は劣化するのだ。

十万円は痛い。本当に痛い。やはりこのベースを売ってしまおうか。三千円でも、あればたすかる。六日分の食費にはなる。いや、どうだろう。六日分の食費にしかならない、と考えるべきなのか。

オリジナル曲につながるかと思ってつくりためたオリジナルフレーズの数々をくり返し弾く。それらは忘れてない。というか、弾けばすぐに思いだす。

ただ、指が思いどおりに動かなくなってるのを感じる。もう五ヵ月弾いてないのだから無理もない。左手の人差し指と中指と薬指と小指、右手の人差し指と中指。硬かった指の腹もやわらかくなってる。

これからは、腹だけでなく、指の皮を全体的に厚くしていかなければならない。ある程度の熱には耐えられる、督次さんの指のようにしていかなければならない。ベーシストの指を、料理人の指に変えるのだ。

アンプを通さないベースをペシペシ弾く。本気でやると、このペシペシ音もそこそこ大きくなる。

最も太い四弦の低音域から最も細い一弦の高音域へと素早く上がっていき、下りてくる。そして最後に四弦のE音を出す。ドゥゥゥン。

その音にかぶせるように、ふううぅっと長く息を吐く。

「おしまい」と言う。

弾き納めだ。


翌日。店で顔を合わせると、僕は一美さんにいきなり言った。

「ベース、まだ買ってないですよね？」

「ん？」

「準弥くんのベース」

「あぁ。買ってない。買えるのは、たぶん、来月」

「よかった。じゃあ、あげますよ」

「え？」

「僕のつかい古しでよければ」

「いや、でも。つかってるんでしょ？」

「もうつかわないです。バンドはやめたし、ベースそのものもやめました。だから準弥くんにつかってもらえればと。中古だけど、まだまだ普通につかえますよ。五万ぐらいしたんで、ものはしっかりしてます」

「もらえないよ、そんなの」

「いや、もらってくださいよ。五万といっても、買ったのは五年前。去年楽器屋に売ろうとしたんですけど、大した値がつかなかったから残しておいただけ。ここしばらくは全然弾いてませんでした。だから気にしないでください。楽器は、弾きたい人に弾かれるべきなんですよ」

「だとしても、ただでもらうわけには」

「いえ、いいです。引きとってもらえれば、僕もすっきりします。実は邪魔だったんですよ。ワンルームなのに、スペースをとられてたんで」

「じゃあ、せめて一万円払う。それでも大だすかりだから」

「いや、いいですいいです」

「じゃあ、五千円」

「いやいや。それでも僕にもうけが出ちゃいます。そんなつもりではないんですよ。どうかもってください」

「ほんとに、いいの？」

「はい。えーと、どうしましょう。ケースに入ってはいますけど、ベースは結構重いんで、一美さんに持っていってもらうのは大変かと。もしよければ、僕がお宅まで持っていきますけど」

「いや、そんな。準弥に取りに来させるわよ」

「いいですよ。それこそ悪いです」

「ダメダメ。準弥にお礼を言わせなきゃ」

「それはほんとにいいですよ。僕が偉そうすぎます」

「偉そうじゃなくて実際に偉いんだから、いいのよ」

ということで、おかずの田野倉に準弥くんがベースを取りに来ることになった。

錆びた弦を張ったまま渡すのは気が引けたので、駅の向こうにあるショッピングモールスナモの楽器屋で弦を買い、張り替えた。その日が早番でたすかった。遅番なら、楽器屋の営業時間に間に合わなかったはずだ。

次の日の午後。学校の授業を終えた準弥くんがおかずの田野倉にやってきた。知ってたのは名前だけ。初めて見る芦沢準弥くんだ。

黒のダウンを着ている。たぶん、ユニクロ。僕のとまったく同じかもしれない。顔は、一美さんにちょっと似ている。なかなかのイケメンだ。ヴォーカルやギターをやれば人気が出るだろう。なのにベースをやってくれることがうれしい。やらされる感じだとしても、うれしい。どうせならうまくなってほしい。

「あらら。ちょっと見ないうちにカッコよくなっちゃって」と詩子さんが言い、

「男は母親に似るんだな」と督次さんが言い、

「ウチのコロッケで育つとこうなるんですね」と映樹さんが言う。

「ほら、準弥。聖輔さんにありがとうを言って」とこれは一美さん。

「ありがとう、ございます」と準弥くんがぎこちなさ丸出しで言う。

「いえいえ」と応える。「ここんとこアンプを通してないけど、音はちゃんと出ると思うから。好きにつかって」

「もしわかんないことがあったら、訊いてもいい？　ですか？」

「うん。僕がわかることなら教えるよ」

「あんた、ベースじゃなくて勉強を教えてもらってよ」と一美さん。

「うるせえよ」と準弥くん。

本気のうるせえよではない。照れ隠しのうるせえよだ。

中学生と母。わかる。中学生男子にとって、母親はうるさいのだ。

そして、その母親が若くして亡くなることもあるとは考えない。考える必要はないの

だ。そうなるのが普通、ではないから。

井崎青葉とはたまにＬＩＮＥでやりとりをする。今日はこれがきた。

〈柏木くん、あらかわ遊園に行かない？〉
〈アパートの近くにあるっていうあれ？〉
〈そう。近いのにまだ行ってない。一人で遊園地は行きづらくて〉
〈遊園地は、確かに〉
〈だから付き合ってくれない？　仕事がお休みの日にでも〉
〈また水曜か月曜になりそうだけど〉
〈奇跡的に春分の日が水曜。祝日だと、お店はやっちゃう？〉
〈その日は休み〉
〈じゃあ、どう？〉
〈井崎さんがよければ〉
〈いいも何も。行けるならわたしは大喜び〉
〈じゃあ、行こう〉
〈無理してない？〉

い。

〈してない〉

無理はしてないが、気になることがあった。費用だ。でも女子にそんなことは言えな

と思ってたら、言われた。

〈お金のことはだいじょうぶ。あらかわ遊園、入園料二百円〉

〈ほんと？〉

〈ほんと。子ども向けの遊び場だから〉

〈有意義な情報に感謝〉

〈期待はしないでね。二時間いれば充分かも〉

〈二時間で二百円。安い〉

〈一時間で充分かも〉

〈でも安い〉

そんなわけで、三月二十一日。春分の日。午後二時に青葉と待ち合わせた。都電荒川線の荒川遊園地前という停留場の前でだ。

都電荒川線は、専用軌道を走る路面電車。知ってはいたが、初めて乗った。電車ではありながらバスみたい。でも発車するときは、チンチン、と鐘が鳴らされた。おぉ、チンチン電車だ、と密かに感動した。

青葉は歩いてきたらしい。

「だって、アパートから一キロもないもん」と言う。「ごめんね。柏木くんはわざわざ遠くまで来させちゃって」

「いや。町屋までで三十分。思ったより近かったよ」

三ノ輪《みのわ》からでも来られるようだが、地下鉄の料金が同じなので、町屋経由にした。

停留場からあらかわ遊園までは一本道。歩いて五分もかからない。すぐのところに野村杏奈さんが勤めてるのと同じハンバーガーショップがあり、その先には駄菓子屋もある。子ども向けの遊園地への途中。いい立地だ。

住宅地のなか、あらかわ遊園は唐突に現れた。何というか、学校みたいな感じで存在した。敷地の向こうは隅田《すみだ》川だ。

入ってみての第一印象はこれ。狭い。祝日だからか、園内はそれなりに混んでいた。あくまでも、それなりにだ。

ちびっこ広場に魚つり広場にどうぶつ広場にふれあい広場、などがある。どうぶつ広場では、子どもがポニーに乗れるらしい。ふれあいは、人間同士のふれあいかと思ったら、ヤギやヒツジ、あるいはウサギやモルモットとのふれあいだ。

乗りものは六種類。多くない。ファミリーコースターと観覧車に乗ることにした。コーヒーカップも乗ろうよ、と青葉は言ったが、百パー酔うから、と辞退した。

ファミリーコースターと観覧車。どちらも十分と待たされなかった。

コースターは、日本一遅い、を実感させる安定の遅さ。落ちても死なずにすみそうなその高さもよかった。これはちょっと和《なご》むね、というのが青葉の感想で、これに乗れない人はいないだろうね、というのが僕の感想だ。

観覧車は、まずまず立派。円の直径は二十六メートル、高さは三十二メートルだという。ミシミシいいながら上っていくので、生々しいスリルを味わえた。町をこんなふうに見られるのはいいね、というのが青葉の感想で、これは乗れない人もいるかもね、というのが僕の感想だ。

狭い観覧車に青葉と二人。でも妙な緊張はしなかった。前後の観覧車がわりと近く、どちらにも子どもが乗っていたからかもしれない。その一人、四、五歳の男の子が僕らに手を振ってくれた。青葉が振り返したことで僕も気づき、そちらを見て同じく振り返した。

そのあとは、ペットボトルのお茶を買い、しばふ広場のわきにあるベンチに座ってしばし休んだ。

「ほんとに安上がりだね」と青葉が言い、

「うん」と僕が言う。

「でもこういうデートもいい」

「これ、デートなの？」

「デートでしょ。男女が二人で出かけたら、それはもうデートだよ。たとえ友だち同士でも」

「そうか」

「八重洲地下街の次はあらかわ遊園。そんなデートを喜ばない女子もいるんだろうなぁ」

「ほとんどがそうじゃないかな」

「どうだろう。そうなのかな。わたしはこのほうがいい。遊園地で二時間待ちとか、それだけで疲れちゃうし」

「まあ、そうだよね」

「東京にいる今だから思う。砂丘、もっと何度も行っておけばよかったよ」

「あの何もなさは、貴重かもね」

「そうそう。変に期待して来ちゃった人は、言うんだよね。これだけ？　って」

「案外広くないと思うみたいね。地平線が見えたりはしないから」

「砂漠じゃないもんね」

「うん。でもそのあたりが日本て感じがするよ。風景が写真一枚にうまく収まるっていうか」

「山も川もそうかもね。大きすぎない。広すぎない」

「東京だってそうだよね。街として大きい感じはするけど、実は相当狭い」

「柏木くんの南砂町とここだって、鳥取にあてはめて考えたら、たぶん、かなり近いよね」

「なのに近い感じはしないから不思議だよ。あいだに人とか建物とかが入ると、距離感が狂うもんなのかな」

「狂うんだろうね。でもそれに慣れちゃう。まだこっちに来て二年だけど、人がすぐそばを歩いてても何とも思わなくなってる」

「確かに。朝の東西線の混雑にだって慣れたしね。いやはいやなんだけど、そのいやさにも慣れる」

「よくないね、いやさに慣れちゃうなんて」

「よくないよ。ほんと、よくない」

「あぁ、何かマズい。おじさんとおばさんみたい。これ、二十歳同士でする話?」

「まずここでこうやってまったりしてることが、おじさんとおばさんかも」

「だよね。子連れでもないのにここでまったりはマズい」

僕はふと思い当たったことを言う。

「二十歳同士って、言ったよね?」

「うん」

「なったの? 二十歳に」

「なったよ。ちょうど一週間前。十四日。わたしね、誕生日がホワイトデーなの。だから高瀬くんが、そのホワイトデーのお返しも兼ねてお酒をおごってくれた。わたしはバレンタインデーにそんなに高くないチョコをあげただけなのに」

「チョコかぁ。もう一年は食べてないかな」

「うそでしょ？」

「いや。たぶん、ほんとに食べてない。自分では買わないからね、チョコなんて。特に今の生活だと、優先順位はかなり低いよ。チョコを買うならポテチかな。といって、そのポテチも買わないけど」

そんなことを話してるだけでも時間は過ぎた。

気がつけば、午後四時半。

青葉がスマホを見て、言う。

「すごい。二時間どころじゃない。二時間半もいた。えーと、一時間いくら？　二百わる二・五？」

「入園料のほかに、コースター代と観覧車代もあるよ」

「あと、このお茶代もか」

「お茶代は含めなくていいんじゃないかな。遊園地に来なくてもお茶は飲むし」

「そっか。そうだね」

「六百わる二・五で、二百四十円。それでも安いよ。激安」

「よかったよ、柏木くんが付き合ってくれて。さすがに一人で二時間半は無理」

あらかわ遊園の営業は午後五時まで。閉園感が強まってきたため、ベンチから立ち上がり、早めに敷地を出た。

その際、係の人にありがとうございましたと言われたので、どうもと返した。六百円で二時間半もいてすいません、と青葉はそこまで言った。

二人、都電荒川線の停留場へと歩く。

「こういう週ナカの休みっていいよね。祝日って、土日にくっつけられたりするじゃない。連休にしたいっていうのはわかるけど、わたしはこのほうがいいな」

「日が毎年変わるんじゃ、祝日の意味も薄れちゃうもんね」

「そうそう。海の日くらいならいいけど、敬老の日なんて、ほんとに敬う気ある？ って感じ。何か変だよね。って、ヤバい。またおじさんおばさんになってる。わたし、お母さんが言ったことをそのまま言ってる」

行き同様、帰りもわずか五分。荒川遊園地前停留場がすぐに見えてしまう。

まだ午後四時半すぎ。僕は青葉に言う。

「もうお酒は飲めるんだよね？」

「うん。こないだ飲んだグレープフルーツのサワー、結構おいしいなって思った」

「じゃあさ、これから飲みに行かない？」

僕はそれなりに思いきって言ったのに、青葉の返事はあっさりだ。

「いいよ。行こう」

「いいの？」

「いいよ。何でもう一回訊くのよ」

「いや、ほんとにいいのかなと思って」

「ほんとにいいよ。飲みたい。実は、そんなこと言ってくれないかなぁ、とちょっと思ってたの。わざわざ来てもらってこれで終わりっていうのも何か悪いし。でもわたしからは言いづらかったから、待っちゃった」

「ならよかった」

「まだ五時前だけど、お店はやってる？」

「どこも五時には開けるんじゃないかな。町屋なら、店はあるよね？」

「うん。チェーン店の居酒屋さんとか、結構ある。そこまで歩こうか。三十分ぐらいかかるけど、ちょうどいいんじゃない？」

「そうだね。そうしよう」

「荒川線代も浮くしね」

「井崎さんは定期があるんじゃないの？」

「ない。アパートは大学のすぐ近くなんで、買ってないの。バイト先を町屋にしたのも、歩いて行けることが理由。だから今も歩きたい」

「ありがたいよ。おれも歩きたい」

「高瀬くんならゲーッてなるとこだけどね。さすが柏木くん」

「それ、ほめてないよね？」

「そう聞こえる？　わたしは全力でほめてるのに」

荒川線の専用軌道と並行する道を町屋へ向けてゆっくりと歩く。

軌道を左右から挟む車道はそれぞれ一方通行だが、歩道があるので歩きやすい。その辺りは、思ったより下町っぽくない。空気感は南砂町と少し似てるかもしれない。

三つめの停留場の前、角に郵便局があるところで、青葉が言う。

「ここを左に曲がって少し行くとわたしのアパート。大学もすぐそこ」

それからさらに停留場三つ分、十五分歩く。合計で三十分。やはり青葉が言う。

「はい。町屋」

左に曲がってもう少し行けばチェーン店の安い焼鳥屋があるというので、そちらへ向かう。そして三分ほどで入店する。

祝日の開店直後。それでもお客さんは四、五組いる。近所に住む人たちかもしれない。

今日は初ビールにする、と言う青葉とともにビールを頼んだ。あとは、キャベツ盛にむねにももにつくね。

すぐに届けられたビールで乾杯した。

「おつかれ」と僕が言い、

「おつかれさま」と青葉が言う。

カチンとグラスを当て、青葉は一口、僕は三口ほど飲む。

「苦いけどおいしい」と青葉。

「うん。うまいね」と僕。「今日はさ、おれがおごるよ」

「え？　いいよ、そんな」

「いや、おごる。さっき飲みに行こうと言ったときから決めてたんだ」

「どうして？」

「だって、二十歳になったわけでしょ？　おれが誕生日プレゼントをあげるのも変だから、その代わりに」

「おごってくれるの？」

「うん。だからさ、好きなものをじゃんじゃん頼んでよ。おれも、人の誕生日にかこつけて、今日はがっつりいきたい。肉肉肉肉で」

「といっても、鶏だけどね」

「肉のなかでは鶏が一番好きだよ。昔父親が鶏居酒屋みたいなのをやってたからなのかな」

「そうなの？」

「うん。鳥取の鳥をニワトリの鶏に変えて、鶏取《とっとり》。ダジャレ」

「それ、もしかして、駅前通りを市役所のほうに行ったとこじゃない？」

「そう」

「わたし、看板を見たことがある」

「やってたのは、おれらが小学生のころだよ」

「わたしが見たのもそのころ。お母さんと歩いてて、これ、何て読むの？　って訊いた記憶がある。とりどりかなぁ、とお母さんは言って、あ、たぶん、とっとりだって。字がちがうよってわたしは言ったの。そしたら、その字もとりと読むんだって。そんなやりとりをしたから、覚えてる」

「じゃあ、店の前を通ってたんだ？」

「あそこなら、誰だって一度や二度は通るでしょ。駅前だもん」

「うん。だから賃料も高くて、つぶれたみたい。場所がよくなきゃってことで、無理したのかな」

「東京とはちがうもんね。いい場所は限られちゃう」

「東京は東京で大変だろうけどね。まず、そこで自分の店を持つのは無理ってことで、鳥取にしたみたいだし」

「お父さんじゃなく、お母さんが鳥取の人なんだよね?」

「そう。といっても、親戚はいないけど」

ほとんどいない、ではない。もう、いない、と言ってしまう。

その流れで、僕は青葉に父のことを話した。前回、八重洲の地下街では主に母のことを話した。今回は父。青葉が知っているのは、僕が高二のときに父が事故死したことだけ。その事故のことを、もう少しくわしく説明した。それが自損事故であったこととか、猫のこととかを。誕生祝の飲みの席にふさわしい話題ではないな、とは思いつつ。

「そうだったんだ」と青葉は言う。「そこまでは知らなかった」

「普通、そこまでは言わないからね」

「そんなことを経験して、今は一人でやってるんだね。東京で」

「やらざるを得ないからやってるだけ。やれてるとは言えないよ。早く調理師の免許をとらないと」

「調理師になるの?」

「うん。そのつもり」

「あぁ。だから今のお店」

「だからってことでもなくて、そこはたまたまなんだけどね。熱々のメンチを食べさせてもらって、気づいたら、働かせてくださいって言ってた」

その話も青葉にした。焼鳥を食べながらだ。今度はもう少し明るく話せた。初めにおばあちゃんにコロッケを譲ってなければあの店で働いてはいなかったかもしれない、と。

「そうかぁ。柏木くんもお父さんと同じ道に進むんだね」

柏木くんも。青葉も母親と同じ道に進むからそう言ったのだ。

「調理師試験て、いつでも受けられるわけじゃないんでしょ？」

「うん。東京都は年一回。だから一度で受かりたいよ。で、どこかの店に勤めたい」

「勉強してるの？」

「一応。本を買って、やってる。栄養学とか食品学とか、結構いろいろあるんだよね。大学受験のときほどではないけど、大学にいたときよりはずっと勉強してるかな」

「フルに働いたうえで勉強。キツいね」

「しばらくはしかたないよ」

「東京での生活って、お金の面でもキツくない？」

「キツいけど、もう慣れたよ。こっちに出てきてからはずっとそうだし。さっきのチョコの話じゃないけど、この一年、服もほとんど買ってないよ」

「わたしも同じ。鳥取とちがって、街全体がおしゃれな服とかアクセサリーとかであふれ返ってるのに、お金は生活費で消えていく。この残酷な矛盾《むじゅん》！」青葉は笑顔でこう続ける。「といっても、わたしが住むこの辺りは、幸い、そんなにあふれ返ってないけど」

「おれのとこもそうだよ」僕はおしゃれ専科出島を思い浮かべて言う。「商店街にある女性ものの服屋さんで、こないだ初めて、豹柄の服を見た」

「おばちゃんたちが着るあれ？」

「そう。胸から腹にかけて豹の顔が描かれたカットソー」

「豹かぁ。わたしも将来そういうのを着るようになるのかな」

「ならないでしょ。実際に着てる人も、そうは見ないし」

「着るなら着るで、せめてそれが似合う人になりたいな。似合ってるなら、それでいいと思うし。服って、結構大事だよね。新しい服を買う。新しい服を着る。それだけで気分は上がる」

「確かに」

「安くても、自分が気に入ったものなら上がるじゃない。新品に限らない。古着でも上がる。あるに越したことはないけど、お金がないのも悪いことばかりじゃないよね。慎重に選んでものを買うようになるし」

「それも確かに」

「柏木くんはやせてるから、何を着ても似合いそう。特にタイトなものね。それこそ女性もののデザインのほうが似合ったりして」

「おれ自身、そういうほうが好きかも。女性ものだから好きってわけじゃないけど、気に入ったらそれが女性ものだったってことは多いかな。デザインに惹かれたくつが実は女性ものでサイズがなかった、とか。高校のころに何度かそんなことがあったよ」

「女性ものが似合う細身のお惣菜屋さん。カッコいいね」

「いいかなぁ。どっしりしてたほうが惣菜屋としてはカッコいいような気がするけど」

督次さんがまさにそのタイプだ。背は高くないが、どっしり感がある。カッコいい。

「でも細身の料理人さんてカッコよくない？　つくるけど食べない、みたいなストイックな感じで」

父がまさにそのタイプだ。つくるだけ。自身は小食。カッコ、よかったかもしれない。

「じゃあ、おれもその路線でいくよ。買えないから、服でおしゃれはしない。唯一のおしゃれは太らないこと」

「うわぁ」と青葉が声を上げる。「柏木くん、相当すごいこと言ってるよ」

「ん？」

「わたしたち女子にとって、それがどんなに大変なことか」

「でも、あれだ、店のコロッケばかり食べてたら太っちゃうか」

「油を九十パーセントカット、カロリーも九十パーセントカット。そんな夢の揚げものを、柏木くんが発明してよ」

「したいけど、難しいよ。そんなことができるなら、誰かがとっくにしてるだろうし。ただ さ、そういうのを一切無視するとこに揚げものの夢があるんじゃないかな。食べること の至福、みたいな」

「あぁ、そうだね。服と同じだ。確かに、揚げものも気分が上がる。揚げものの夢。わたし、今ちょっと感動」

「いや、感動するようなことは言ってないよ。ダメダメな人が言いそうなことじゃん」

「でもたまのダメダメはいいよね」

「うん」

「じゃ、わたし、ダメダメの代表格、チキン南蛮《なんばん》を頼んじゃっていい？」

「いいね。頼もう。チキン南蛮。あと、この炙《あぶ》り焼っていうのもいっちゃおう」

「それ、わたしも気になってた。肉肉肉肉。鶏鶏鶏鶏。牛と豚にくらべたら罪悪感を薄めてくれちゃうから、鶏はほんと女子泣かせだよ」

二杯めのビールとともに、チキン南蛮と炙り焼を頼む。

またすぐに届けられたビールを一口飲んで、青葉が言う。

「わたし、思った。初めにおごるって言ってくれるところが柏木くんらしいよね」

「らしい？」

「らしい。そうしてくれたほうが、おごられる側は楽しめるもん。最後にサラッと払ってカッコをつける男の人もいそうだけど」

「実はそれも考えたよ。先に言っちゃったら、遠慮してあれこれ頼みづらくなるかと思って」

「それもまた柏木くんぽい」

「ぽい？」

「ぽい。結局、柏木くんはいつも柏木くんなんだね」

「よくわかんないよ」

「柏木くんはそのことを覚えてないって言ったけど、商店街でサッと道を譲ってくれたあのとき、わたしはすぐに柏木くんだってわかったよ。もちろん、顔を見たからではあるんだけど、その譲ってくれた感じで確信した。高校のころのことを思いだしたよ」

「何を？」

「別に大したことじゃないけど。例えば、校舎の廊下とか階段とかですれちがうとき、いつもそれとなく壁のほうに寄ってくれたな、とか」

「そうだった？」

「そうだった」

「ほんとに大したことじゃないね」

「でもそういうのって、人の印象として残る。だからわたし、商店街のあのときも、あ、この感じって思ったんだもん。まずさ、あの文化祭のときがそうだったじゃない」

「文化祭のときって？」

「柏木くん、ライヴに出るのに、それをみんなに言わないの。ほかの子たちみたいにもっとアピールすればいいのに、しない。おれはいいよ、になっちゃう」

「まあ、ベースだしね」

「関係ないじゃない。四人で一つのバンドなんだから」

「そうだけど」

「わたしなら言っちゃうよ。せっかくやるんだから、見て見て～って」

鶏を食べ、ビールを飲む。話をして、笑う。

母が亡くなって、まだ半年。こんなことをしてていいのかな、と思う。人の誕生日を祝うためなんだからいいよな、と無理に思う。そう。杏奈さんの誕生日を祝ってはしゃいだ映樹さんみたいなものだ。

「高瀬くんに」と青葉がいきなり言う。

「ん？」

「おれら、ちゃんと付き合おうって言われた。前々からもう一度付き合おうとは言われてたんだけど、あらためて、ちゃんと付き合おうって」

「ちゃんと」

「うん。で、断っちゃった」

「何で？」

「何か、難しいかなって思った。わたし、やっぱり心が狭いみたい。高瀬くん、すごく頼りになる人ではあるんだけど、わたしとはちがうとこもあって。そんなの当たり前なんだけど、どうしても気になっちゃって」

「それは、例えばどういう？」

「前に話した電車の優先席と同じようなこと。というか、もっと些細《ささい》なこと。今度は横断歩道」

「横断歩道」

「向こう側で誰かが信号を待ってるとするでしょ？　他人。まったく知らない人。で、車は通らないの。だから渡ってもあぶなくない。その人も、急いでれば渡るかもしれない。でもそのときは、待ってる」

「うん」

「高瀬くんは、普通に渡っていっちゃうの。待ってるその人に向かって。で、別にわざとではないんだろうけど、すぐわきを通ったりする。そんなのはよくあること。わかってる。急いでるなら、わたしも渡っちゃうと思う。でも高瀬くんは、急いでなくてもそうしちゃうの。それでわたしに言う。車も来ないのに信号を待つようなやつにはなりたくないね。そんな、時間を無駄づかいするようなやつにはさ」

優先席のときと同じだ。まちがってはいない。そういう考え方もある。否定はできない。

「信号無視はいけない、とかじゃないの。いけないことはいけないけど、そういうことじゃないの。ただ、その人にちょっといやな思いをさせることは事実。高瀬くんは、そんなふうには考えない。どう言えばいいだろう。他人同士でも、人は人なんだから、横断歩道を挟んで向き合った時点である種の関係性はできてるでしょ？　高瀬くんは、そういうのに無頓着《むとんちゃく》なの。で、わたしはそれがちょっとツラい。こうやって話すとほんとにバカみたいなことなんだけど、どうしても気になっちゃう。二人でいるときにそういうことがあると、気持ちのどこかが削られちゃう」

「それで、断っちゃったんだ？」

「うん。ひどいよね。そんな理由で」

ひどいのかどうか、僕にはよくわからない。高瀬涼は、ひどいと思うのかもしれない。

信号を待つ他人のことなんて知らないよ、と。

「おれは待つからもう少し考えてみてくれって言われた。柏木くんに言うつもりはなかったんだけど、言っちゃった」

本当に言うつもりはなかったのだと思う。現にこうして飲むまでは言わなかったのだから。初めから飲む予定になってたわけでもない。僕が誘ったからこうなっただけ。

気分を変えるべく、青葉はビールを飲む。話題もかえる。

「そういえば、柏木くん、バンドはやめちゃったんだよね？」

「うん」

「家では弾いてるんでしょ？　ベース」

「いや、弾いてない。あげちゃった」

「え、そうなの？　あげたって、誰に？」

「店で一緒に働いてる人の息子さん。中学生」

そして僕はそのことも青葉に話した。

準弥くんがバンドをやると言いだしたこと。それを一美さんに聞いたこと。やるのはベースだというので、あげるのを思いついたこと。実際にあげたこと。準弥くんが日々練習に励んでること。一度教えてほしいと言われてること。

話を聞いた青葉の第一声はこうだ。

「今の柏木くんが人にものをあげられるって、すごいね」

日本橋に来たのは久しぶりだ。初めて青葉と二人で会ったとき以来。あのときは、交通費節約のために日本橋駅で東西線を降りてJRの東京駅まで歩いただけ。でも今日はちがう。日本橋に用がある。昔父が働いてた居酒屋を訪ねてみようと思ったのだ。

町屋の焼鳥屋で、柏木くんもお父さんと同じ道に進むんだね、と青葉に言われ、そのあとに思いついた。父の足跡をたどる、といった大げさなことではない。ただ、働いた店を見られるなら見たいな、と思った。

日本橋は、大学にいたときにアルバイトをした場所だ。でも当時はそんなことは考えなかった。そういえば父もこの辺りで働いてたんだな。その程度。

店の名前はどうにか覚えていた。やましろ、だ、父が亡くなったときに母が何度か口にした。だから思いだせた。

スマホで検索したら、やましろはすでに存在しないことがわかった。が、かろうじて情報は残されていた。昔日本橋三丁目にあったやましろ、との言い方で、ある人のブログに出ていたのだ。

八重洲通りから一本入ったところ、との記述から、場所を推測した。ここが元やましろでは？ と思われる店は二軒あった。

おかずの田野倉の定休日、水曜。午後四時すぎ。

その時間なら誰かしらいるだろうと思い、僕は木の引戸を開けて、候補の一軒に入った。真澄《ますみ》屋なる店だ。看板には海鮮という文字も書かれている。

テーブル席とカウンター席がある。高級な居酒屋、という感じだ。ホールはまだ暗い。カウンターの内側にだけ、明かりがつけられている。そこに人がいる。一人。男性。

「すいません」と引戸のところから言う。

返事はない。そこでもう一度。やや大きな声で。

「すいません」

「五時からだけど」と言われる。聞こえてはいたらしい。

「いえ、あの、そうではなくて」

また返事はない。出てきてくれる気配もない。だからといって、このまま帰るわけにもいかない。しかたなく言う。

「ちょっと失礼します」

そして素早く、でも遠慮がちに入っていく。カウンターの手前で立ち止まる。

「あの、すいません」

なかにいる男性は、板前さん、という感じの人だ。四十代半ばぐらい。あまり機嫌がよくないように見える。

「入られちゃ困るよ」

「すいません。お訊きしたいことがありまして」

男性はこちらを見ない。まな板の上の魚を包丁でさばいている。

「何」

「昔この辺りにやましろというお店があったのを、ご存じないですか？」

「やましろ？」

「はい。漢字ではなく、ひらがなだと思うんですけど」

「昔って、いつよ」

「二十年ぐらい前かと」

「知らない。おれが来たのは五年前だから」

「えーと、ほかのかたも、ご存じないですかね」

「店長は今いない。だからわかんない」

「じゃあ、あの、こちらのお店は、いつごろからですか？」

「よく知らない」

「あぁ。そうですか。お邪魔してすいませんでした」

頭を下げて引戸のほうへ戻り、外に出た。静かに引戸を閉める。

ふうっとため息をつく。この反応が普通かもしれない。いきなり押しかけられ、質問される。答える義務はないのだ。

結局、この真澄屋が元やましろなのかは、はっきりしない。

昔日本橋三丁目にあったやましろ。八重洲通りから一本入ったところ。三丁目、が正しいかどうかもわからない。八重洲通りから一本ではなく二本入ったところなのかもしれない。ブログを書いた人の記憶ちがいかもしれない。もしそうなら、どうしようもない。

そもそも、日本橋、が指す範囲は広い。頭に日本橋とつく地名は多いのだ。例えば茅場《かやば》町《ちょう》だって正しくは日本橋茅場町だし、人形町《にんぎょうちょう》だって正しくは日本橋人形町だ。まあ、その二つを日本橋と言うことはないだろうが、日本橋室町《むろまち》とか日本橋本町《ほんちょう》とかならわからない。ざっくり日本橋で片づけられそうな気もする。

でも、すぐ先に候補がもう一軒ある。そこだけは行ってみよう。開店前、仕込みの邪魔をされたらいら立つのは当然かもしれない。次は、声をかけて反応がなかったらすぐに引こう。失礼しましたと言って引き下がろう。

そう決めて、そのもう一軒の引戸を開けた。真澄屋のそれと似た感じの引戸だ。店名は、多吉《たきち》。看板に海鮮だの天ぷらだのの文字はない。ただ多吉。

なかも真澄屋と似ている。テーブル席にカウンター席。高級感もある。

二十代後半ぐらいの和装の女性店員がすぐに寄ってきてくれる。

「すいません。店は五時からなんですけど」

「あ、そうじゃないです。お訊きしたいことがありまして」

「何でしょう」

「あの、昔この辺りにやましろというお店があったと思うんですけど」

「あぁ。えーと、前のお店なのかな。ちょっと待ってください」

女性店員がカウンターのところに行く。なかの人と何やら話す声が聞こえてくる。

そして料理人さんらしき男性が出てきてくれる。たぶん、五十代。丸刈りで、いかつい感じの人だ。調理白衣を着ている。帽子はかぶってないから丸刈りだとわかる。

「やましろ？」と男性は言う。「あったよ」

「そうですか」

「ここ。やましろのあとがこの多吉」

「今はもう、ないんですよね？　やましろ」

「ないね」

「どこかへ移ったとかでも、ないですか」

男性は僕をじっと見て言う。

「何で？」

「えーと、そこで働いてた者を知ってるので」

「君は、誰？」

「あ、すいません。柏木です。柏餅《かしわもち》の柏に木に聖徳太子《しょうとくたいし》の聖に車偏《へん》の輔で、柏木聖輔です。ずっと昔に、そのやましろで父が働いてまして」

「父」

「はい」

「下の名前は、何だっけ」

「義人です」

「ヨシト。うん。確かそんな名前だった。君が息子さんか。お父さんは、どうしてる？」

「亡くなりました」

「え？　いつよ」

「えーと、三年半前です」

「何、病気？」

「いえ。事故です、車の」

「うわぁ。そうなのか。それは大変だったね」

「まあ、はい」

「ちょっと座んな。話を聞かせてよ」

男性は四人掛けのテーブル席のイスを僕のために引いてくれた。そこに座る。男性も向かいに座る。それを見た女性店員がそうしてくれたらしい。ホールの明かりがつく。

女性店員はさらにお茶まで持ってきてくれる。湯呑《ゆのみ》に入った温かいお茶だ。男性と僕。二人分。

「ありがと」と男性が言い、

「すいません。ありがとうございます」と僕も言う。

女性店員は会釈をして去っていく。

「君は今いくつ？」

「二十歳です」

「じゃあ、君が高校生のころに亡くなったんだ？　柏木くん」

「はい」

うーん、となってから、男性は言う。

「あ、おれはマルね。マルハツオ」

丸初男さん、だそうだ。

「お茶、飲んで」

「いただきます」

飲む。緑茶ではない。ほうじ茶だ。熱い。おいしい。

「柏木くん、まだ若かったたってことだよね？　おれより下だったし」

「亡くなったときは四十七でした」

「四十七！」丸さんはお茶を一口飲んで言う。「車の事故って、何、はねられたの？」

「いえ。父が運転してました」

「じゃあ、衝突？」

「はい。車とではなくて。自損です。猫が飛び出してきたみたいで。それをよけようとして」

「ほんとかよ。ツラいな、それ」

そのあとに母までもが亡くなったことを言うつもりはなかった。それは、父の話というより僕の話になるから。

でも、訊かれた。

「じゃあ、今はお母さんと二人？」

「いえ。今は一人です」

「一人暮らしってこと？」

「はい。東京に出てきてて。母は、いないです」

「いないっていうのは？」

「その事故ではないですけど、やっぱり亡くなってしまって」

「柏木くんの前に？」

「いえ、あとにです。えーと、病気で」

そこはそう言うにとどめた。突然死などと言ってしまうと、話が長くなる。本筋からそれてしまう。

「で、聖輔くんは一人で暮らしてんの？」

「はい」

「東京に出てきたって言ったよね？　そもそも柏木くんはどこにいたわけ？」

「鳥取です。母がそっちなので、そこで店をやってました」

「何の店？」

「居酒屋です。主に鶏料理を出すっていう」

「そうか。鳥取で店を出したのか」

「はい。事故の何年も前に閉めてはいましたけど」

「そのあとは？」

「いろいろな店で働いてました」

「料理人としてってこと？」

「うーん。そうかぁ。鳥取かぁ」そして丸さんは言う。「で、聖輔くんはどうしてこの店に?」

「別に用はないんです。ただ、やましろという名前は聞いてたので、行ってみたいなと思って」それでは弱いかと、言葉を足す。「僕自身、調理師試験を受けようと決めたこともあって」

「あぁ。そうなんだ」

「はい。何か技術を身につけたくて」

「じゃあ、柏木くんはそれを知らないわけだ」

「そうですね」

「知れば喜んだろうな」

「だといいですけど」

「喜んだよ。まちがいない。おれだって、自分の息子がそう言ってくれたらうれしいもんな。といっても、ウチは娘で、調理師になりもしなかったけど」

「丸さんは、父のことを知ってるんですか?」

「知ってるよ。おれもやましろで働いてたから。柏木くんとは二年ぐらい一緒だった。柏木くん、出身はこっちだよね?」

「はい」

「はい。青梅です」

「そう。青梅だ。言ってたわ」

父は母子家庭で育った。青梅の市営住宅に住んでいたらしい。母は鳥取の出身だが、一時、東京に来ていた。二人はそこで知り合ったのだ。そして父はやましろをやめたあと、あまり東京になじめなかった母と鳥取に行く。居酒屋鶏取を始める。

両親について僕が知っているのはそのくらい。細かなことは知らない。父も母も突然逝《い》ってしまったから、訊く機会もなかった。二人が生きていたとしても訊かなかっただろう。両親のなれそめのことなんて、普通は訊かない。訊かないし、両親も言わない。ただ、今は少し悔やんでいる。せめて父が亡くなったあと、母には訊いておくべきだったと。

「おれは柏木くんの二歳上。やましろに入ったのも二年先」

父の先輩。僕にとっての映樹さんみたいなものだ。

「息子さんにだから言うわけじゃないけど、柏木くん、腕はよかったよ。いや、そのときはまだ若かったから、筋がよかったと言うべきか。マズい、抜かれちゃうな、と思ったのを覚えてるよ。ほっそりしたいい男だったんで、お客さんからも人気があった。ほら、横におれみたいなムサいのがいるから、どうしても引《ひ》き立《た》っちゃうわけ。口数は少なかったけど、愛想《あいそ》が悪いっていうんじゃなく、無駄口を叩かないって感じだったな。叩くのはおれのほう。そう考えると、ボロ負けだったよ、おれは」

そんなことを言って、丸さんは笑う。

この人と一緒なら父も楽しかったろうな、と思う。

「柏木くんが店をやめてからはずっと会ってなかったんだけどね。でも、そうかぁ、鳥取で店をやったかぁ。で、死んじゃったか」

「はい」

「ごめん。そんな言い方はないよな」

「いえ」

「聖輔くんも、鳥取の人だ？」

「はい。今はこっちに住んでますけど」

「学生？」

「いえ。大学はやめました。さすがに通えないので。半年前から惣菜屋で働いてます」

「惣菜屋」

「はい。砂町銀座商店街の」

「砂町銀座か。有名なとこだよね。よくテレビでとり上げられる」

「たまたま近くのアパートに住んでたので、そこで働かせてもらうことにしました。といっても、アルバイトですけど。そこで二年働いたら調理師試験を受けてみようかと」

「なるほど。そういうことか。柏木くんの息子なんだから、君も筋はいいはずだ。いい料理人になると思うよ」

「ありがとうございます」

「そういえば、お父さんと顔が似てる、か？」

「いえ。あまり似てなかったです。僕はどちらかといえば母似だったみたいで」

「そうか。面影《おもかげ》はあるような気もするけどな」

「初めて言われました」

「息子だと聞いたからそう見えるだけか。見えるというか、おれがそう見ちゃうんだな」

「丸さんは、父がどうしてやましろをやめたかも、知ってますか？」

「よくは知らない。ただ、あのころ、店にはもう一人、イタガキさんてのがいて、柏木くんはそのイタガキさんとあんまりうまくいってなかったのかな。それが少しは原因になったのかも。まあ、そういうのは、どこの店にもあることだけど。もしあれだったら、銀座《ぎんざ》のトリランて店に行ってみな。ニワトリの鶏に蘭の花の蘭で、鶏蘭。やましろの元オーナーがやってるんだよ。ヤマシロトキコさん」

山城時子さん、だそうだ。

「そもそものオーナーは、リキゾウさんて人」

山城力蔵さん、だそうだ。

「この人も料理人だったんだけど、やっぱり早いうちに亡くなっちゃってさ。柏木くんがいたころはもういなかったよ。その時子さんが後を継いでやましろをやってた。で、何年かして銀座に移るっていうんで、時子さんはこっちを閉めることにした。だから今ここのオーナーはちがう人だけど、二人は知り合いでね。時子さんが口を利いてくれたおかげで、おれはこっちに残れたんだ。時子さんは銀座の店に誘ってくれもしたんだけどさ、鶏料理よりはほか全般を扱うこっちのほうがおれはよかったの。歳をとると、できれば環境は変えたくないんだよな。二十歳の聖輔くんにはまだわかんないかもしんないけど」

「二十歳でも、わからなくはない。僕だって、できれば環境は変えたくない。変えられてしまっただけだ。あまりにも大きく。

「だからさ、やましろがそのまま移転したわけじゃないけど、まあ、移った感じではあんのよ。時子さんにはおれが話しとく。今度行ってみな」

「はい。ありがとうございます」

「今日はもう店が始まっちゃうから、日をあらためて」

「そうします」

「電話番号を教えとこうか?」

「自分で調べます。すいません。こちらも開店前なのに、いきなりお邪魔しちゃって」

「いや。来てくれて、おれもうれしかったよ。昔の仲間のことを知れてよかった。亡くなったのは残念としか言いようがないけど、知らないよりは知ってたほうがいい」

「お茶、ごちそうさまでした」と言って、僕はイスから立ち上がる。

丸さんも同じく立ち上がる。そして右手を差しだす。

僕はすんなりその手を握る。握手だ。やり慣れてはいないが、自然にできた。

丸さんの手は思いのほかやわらかかった。何よりもまず、温かかった。人に体温があることを新鮮に感じた。丸さんの手に力が入ったので、僕も同等に力を入れた。で、離した。

「じゃあ、失礼します」

「こんなことしか言えないけどさ。がんばってよ」

「はい。がんばります」

外に出て、引戸を静かに閉める。暖簾《のれん》が頭をかすめる。

多吉、の文字を見る。

来てよかった。一軒めであきらめなくてよかった。

僕の次の休みは月曜。その午後に、今度は銀座の鶏蘭を訪ねた。

前もって約束はしておいた。グルメサイトで番号を調べ、電話をかけたのだ。出たのは店員だが、名乗って事情を伝えると、オーナーの山城時子さんに取り次いでくれた。月曜に伺いたいんですけど。僕がそう言うと、山城さんは言ってくれた。いいわよ。じゃあ、四時ごろに来なさいよ。

四時ちょうどに着くように行った。

鶏蘭は銀座二丁目のビルの地下にあった。階段を下りていくと店が二軒。そのうちの一つだ。ちなみにもう一つは、ふぐ料理屋。

鶏蘭も出入口は引戸。暖簾もある。それをくぐり、引戸を開けた。

「失礼します」

入っていく。そんなに広くもないが、思ったほど狭くもない。地下にある店というのはこの感じになることが多い。思ったより広かったり、逆に狭かったりするのだ。

多吉のときと同じように、女性店員が応対してくれた。約束していたからか、いらっしゃいませ、ではない。

「こんにちは」

「どうも。こんにちは」と返す。

女性店員は奥に声をかける。

「ママ。来られましたよ」

そのママという呼び方にややたじろぐ。銀座でママ。クラブという言葉が頭に浮かぶ。

　すぐに山城時子さんが出てきてくれた。薄手の灰色のセーターに白いパンツ。若々しい六十代。そんな人だ。ママ感も、ちょっとある。

「ようこそ。座って」

「ありがとうございます。お忙しいのにすいません」

手で示されたのはやはりテーブル席。そのイスに座る。多吉同様、女性店員がすぐにお茶を出してくれる。こちらも温かいほうじ茶だ。

「奥に個室もあるんだけどね、まあ、個室というのも何だから、ここで」

「はい」語彙《ごい》の乏しさを痛感しながら言う。「えーと、立派なお店ですね」

「そうでもないわよ。やましろよりずっと狭い」

「でも、きれいですよね」

「飲食店はきれいなのが普通。無理にほめなくていいわよ」と山城さんが笑う。

「あの、僕がこないだ伺った多吉は、やましろと同じような感じなんですか？」

「そうね。内装はちょっと変えたみたいだけど、広さは同じかな。厨房も、たぶん、そんなにはいじってない。向こうは広かったでしょ？」

「はい」

「料理人さんは常に三人いたしね」

「そうなんですね」

テーブルの上で両手の指を組み合わせ、山城さんは言う。

「丸ちゃんから聞いたわよ。柏木くんね。聖徳太子の聖に車偏の輔で、聖輔くん」

「はい」

「丸ちゃん、驚いてた。わたしも驚いたけど。柏木くんの息子さんが訪ねてきてくれるなんて思ってないから」

「すいません。何か唐突で」

「いえ。うれしいわよ。正直、柏木くんのことは忘れてたけど、すぐに思いだした。ずっと頭の隅にはあったから。わりといい男だったしね。わりとなんて言ったら失礼か。ごく普通に、いい男だった。似てないって丸ちゃんには言ったらしいけど、聖輔くん、似てるんじゃない？　丸ちゃんも言うように、面影はあるわよ」

お二人がそう言ってくれるなら、そうなのかもしれない。若かったころの父には、似てるのかもしれない。

「訊きたいことは何でも訊いて。わかることは答えるから」

「ありがとうございます」

でも正面からそう言われると、意外に難しい。僕は何を訊きたいのか。訊きたいことなんてあるのか。父が接した人と会いたかっただけ。会って話したかっただけ。そんな気もする。

「やましろは、長かったんですか？」

「そんなに長くはないかな。十年ぐらい。日本橋自体、お店は結構変わってる。あの辺り、きれいになってたでしょ？　昔っぽくはないというか」

「はい。そうでした」

「特に日本橋は、これから大規模な再開発でもっと変わるはず。髙島屋《たかしまや》に三越《みつこし》に東急《とうきゅう》。昔は百貨店だけの感じだったけど。でも東急はなくなっちゃったし。知らないでしょ？　東急の日本橋店」

「知らないです」

「飲食店も、若い人向けのものが増えるでしょうね。でも賃料は高くなるから、やっていくのは大変かな。早めに終わっておいて正解だったかもしれない。まあ、こっちはこっちで高いけど」

銀座。高そうだ。おかずの田野倉銀座店。絶対に出せないだろう。銀座コロッケ。はまれば売れそうだが、たぶん、長つづきはしない。まず、コロッケ一個をいくらで売ればもうけが出るのか。

「やましろはね、亡くなった主人が初めて持ったお店だったの」

「力蔵さん、ですか」

「そう。二人でいつか銀座にお店を出そうと話してて、やましろはその第一歩。でもあの人はがんになって、あっさり逝っちゃった。まだ四十代。若かったから、進行が速かったのね。本当にあっという間」

四十代で病死。確かに若い。母がそうだから、わかる。事故死だと、もう、若いも何もないが。

「初めはね、あの人が亡くなったあとも、ずっとやましろを続ける気でいたのよ。でも、さらにがんばることにした。銀座に店を出すっていう約束を守ろうと思って」

「ここは、やましろではないんですね」

「そう。主人が考えた名前。鶏は鶏料理の鶏。で、蘭の花が好きだから、鶏蘭」

「花が好きだったんですか？　力蔵さん」

「好きなのはわたし。わたしが蘭好きだから、銀座に店を出すときは鶏蘭にしようって言ってくれたわけ」

「あぁ」

「やましろとどちらにするかは最後まで迷ったけどね、やっぱりあの人が考えたものにした。鶏料理屋だから、鶏も入れたかったし。お茶、冷めないうちに飲んで」

「はい。いただきます」

飲む。おいしい。多吉でもそうだったが、湯呑が高そうだと、お茶はそれだけでおいしく感じられる。人間の味覚なんてそんなものだ。味覚は視覚に大いに左右される。らしい。

「柏木くんも、鳥取でお店をやってたんだって？」

「はい」

「お母さんがそちらのご出身、なのよね？」

「はい。東京でお店は持てないと、父が思ったみたいです」

僕自身がこないだ多吉を見て、そう思った。東京でお店を持つのは難しいだろうなと。多吉に限らない。おかずの田野倉を見ても、そう思う。店を持つには、料理の才能のほか、経営の才能もなければならない。二つがそろったうえで、運もなければならない。

「といって、町が小さい鳥取でやるのも相当キツかったと思いますけど。結局はつぶれちゃいましたし」

「お店はどこでやるのも大変。いいときはあっても、先の保証なんてないから。風向きは絶対に変わっちゃう。八割が北風で、二割がやっと南風。そんな感じかな。我慢、我慢。でもどこかで見切りをつけることも必要。そうでないと、自分がつぶれちゃう」

本当にそうなのだろう。見切りをつける時期が大事。父は少し遅かった。だから借金が残った。そして。自らの死亡保険金でそれを返した。

「鳥取かぁ。わたしも砂丘を見に行ったことがある。確かに町は小さかったわね」

「はい。父の店は、こちらと同じで、名前の頭に鶏がつきます。鳥取の鳥をその鶏に替えて、鶏取」

「読みはとっとりなの？」

「はい。ダジャレです」

「悪くないわね。どうしても笑わせようっていうダジャレではない」

そう言われればそうだ。メニューが鶏中心だからこの名前にしたということは、何となく伝わる。

「その鶏取を閉めたあと、柏木くんはよその店で？」

「はい。料理人として働きました」

「それも鳥取よね？」

「そうですね」

「で、事故に？」

「はい」

「あの人と同じ。四十代だったのよね」

「四十七でした」

「事故もキツいわね。くらべることじゃないけど」

「キツい、です」

「お母さんまで、ご病気で」

「はい」

この山城さんにならいいかと思い、くわしいことを話す。

病気は病気だが突然死であったこと。まさに突然、母の職場の人たちから電話があったこと。その日のうちに鳥取に帰ったこと。二週間ほどで葬儀や遺品整理をすませたこと。話さないとすべてを一人でこなしたことになってしまうので、一応、基志さんのことも話した。五十万円やその後の十万円のことは言わず、サラッと。遠い親戚の人が手伝ってくれまして、という具合に。

「それが、いつ？」

「去年の九月です」

「まだ半年だ。その三年前が、お父さん。どちらか一方でも充分ツラいのに、二人」

「はい。でも、何ていうか、悲しみがきっちり二倍になるわけじゃないことはわかりました。きっちり二倍になられたら、人は本当につぶれちゃうんだと思います。まあ、二倍にはならなくても、二つが合わさってグチャグチャにはなるんですけど」

下手な言い方だが、しかたない。ほかに言いようがない。それが、現時点での素直な感想。

「聖輔くんは、今、東京なのよね？」

「はい。南砂町に住んでます」

「えーと、東西線？」

「そうです」

「お惣菜屋さんで働いてるの？」

「はい。商店街にある店です。砂町銀座商店街」

「有名なとこよね。テレビで何度か見たことがある」

「働くようになるまでは僕もほとんど行ったことがなかったんですけど。不思議なとこですよ。どの駅からも遠いのに、いつも賑わってます」

「逆にそれがよかったのかもね。そういう場所に魅力的な商店街があれば、多方面から人は集められる」

「あぁ。そうかもしれません」

「そのお店で、修業をしてるの？」

「いえ、そんな大げさなものでは。ただアルバイトをさせてもらってるだけです。二年勤めれば調理師試験を受けられるみたいなので」

「柏木くんと同じ、料理人さんになるわけだ」

「はい。大学をやめざるを得なくなって、結果、そういうことに」

「それ、すごくいい結果だと思うわよ」

「ありがとうございます」

「何だか知らないけど、丸ちゃんが喜んでた。電話で、聖徳太子みたいな料理人になってほしいなんて言ってた。意味がわからない。わかるけど」

そう言って、山城さんが笑う。

僕も笑う。聖徳太子のような料理人にはなれないと思うが、目指すのは悪くない。まず目指すべきなのは、父だが。

ということで、多吉で丸さんにもした質問を、山城さんにもする。

「あの、父がやましろをやめた理由を、山城さんはご存じですか？」

「ええ」山城さんはお茶を飲む。ふっと息を吐き、言う。「息子さんになら、話すべきでしょうね。あの人が亡くなったあと、やましろに料理人さんは三人いたの。柏木くんと丸ちゃんと、イタガキくんていう人。丸ちゃんに聞いた？」

「はい。そこまでは」

「イタガキサブロウくん」

板垣三郎さん、だそうだ。

「その板垣くんが、三人のなかでは歳もキャリアも一番上。いわゆる職人気質《かたぎ》でね、料理の腕は抜群によかった。ただ、ちょっと気難しいとこもあったの。例えば、料理にあまりくわしくないお客さんにはあいさつをしなかったり、時には強く出ちゃったり」

日本橋の真澄屋にいたあの料理人さんのような感じ、かもしれない。

「そういうのが原因で、柏木くんとぶつかることも多かった。料理人さん同士ってね、上下関係はしっかりしてるの。だから柏木くんも、料理に関することは板垣くんにすべてしたがった。でもお客さんへの対応に関しては文句を言った。いえ、文句じゃない。意見ね。どんなお客さんに対しても、その人を下に見るような態度をとるべきじゃないって言ったの。それで一度、板垣くんが柏木くんに手を上げたこともある」

「殴った、んですか？」

「そう。営業時間中にではないけど、店で。丸ちゃんがあわてて止めた」

「父は、どうしたんですか？」

「どうもしなかった。謝りはしなかったけど、殴り返しもしなかった。ただ、あとでわたしには謝ってくれた。ご迷惑をおかけしてすいませんでしたって。柏木くんは、そういう人だったわね。ある意味では頑固。もしかしたら板垣くん以上だったかもしれない」

意外だ。僕が知る父の感じではない。それでいて、こうして話を聞いてみれば、理解できなくもない。

「それから二人はまったくしゃべらなくなっちゃったの。柏木くんはあいさつをしてたけど、板垣くんは徹底的に無視。柏木くんも、じきあきらめた。そうなると仕事にも支障が出るから、わたしも板垣くんに注意したの。そしたら、自分と柏木のどっちをとるか決めてくれって迫られた」

「どちらかをやめさせるということですか？」

「そう。正直、かなり困ったわね。もうあの人も亡くなってて、わたしは一人。とにかく店を続けなきゃって、そればかり考えてた。板垣くん、腕は本当によかったの。ひいきにしてくれるお客さんもついてた。月に一度は必ず来てくれるような人たち。いなくなったらものすごく痛い。で、どうしようか悩んでるとこへ、柏木くんが言ってきたの。やめますって。板垣くんに選択を迫られてることをわたしは言わなかったけど、何となく事情を察してくれたわけ」

「あぁ」

「わたしはそれに甘えた。慰留するようなことは何も言わなかった。柏木くんも、恨みごとは何も言わなかった。で、やましろをやめた。それで終わり。後釜に若い子を入れて、補充も完了。店はどうにかなった。ただね、一年もしないうちに、板垣くんはよその店に移った」

「やめたんですか？　やましろを」

「そう。要するに引き抜かれたのね。やめますって、簡単に言われた。同じやめますでも、柏木くんのそれとはだいぶちがってたかな。そのときに痛感したわよ。情だけではどうにもならない。でも情は必要。それってね、あの人が言ってたことなの」

あの人。力蔵さん。

「しっぺ返しを食ったんだなって思った。だから、柏木くんのことは頭の隅にずっと残ってたわけ。まさか息子さんにこの話をすることになるとは思わなかったけど」

「何か、すいません」

「謝るのはこっち。お父さんに不人情なことをしてごめんなさい」

「いえ、そんな」

「話せてよかった。柏木くん自身に謝れないのは残念だけど、聖輔くんに謝れてよかった」

「僕も、お話を聞けてよかったです」

「柏木くん、たぶん、そのころに付き合ってた人と結婚したのね。その人が聖輔くんのお母さんなんだと思う。カノジョがいるのは知ってたのよ。柏木くん、そういうことはあまり言わないんだけど、一度、ヴィトンか何かの袋を店に持ってきたことがあって、わたしから訊いたの。何？って。カノジョへのプレゼントだって言ってた。しまった、見つかった、みたいな顔して」

ヴィトン。僕でも名前を知っている。ルイ・ヴィトン。高級ブランドだ。父、がんばったらしい。でも母の遺品にそれらしきものはなかった。もしかしたら、売ってしまったのかもしれない。例えば生活のために。

「聖輔くん」

「はい」

「困ったらいつでもウチに来なさいよ。アルバイトぐらいはさせてあげられるから。って、そんな偉そうなこと言っちゃダメか。今、飲食店はどこも人を集めるのが大変。何ならすぐにでも来てほしいくらい。だからね、もし困ったら言って」

「はい。ありがとうございます」

「ほかに訊きたいことは？」

「ないです。訊きたいことは訊けました」

「今度はお客さんとして来なさいよ。ごちそうするから。もうお酒も飲めるのよね？」

「はい。二十歳なので」

「ほんと、いつでもいいから、いらっしゃい」

「ありがとうございます」イスから立ち上がり、言う。「お茶、ごちそうさまでした」

山城さんも立ち上がる。

「ごめんなさいね。何のおかまいもしなくて」

「いえ。じゃあ、失礼します」

「遠慮しないで、ほんとに来るのよ」

「はい」

鶏蘭を出る。引戸を静かに閉める。階段を上り、外の道路に立つ。

午後五時前。夜を待つ銀座だ。

中央通りに出て、日本橋へと向かう。また多吉に行くわけではない。銀座駅から地下鉄に乗ると三十円高いので、日本橋駅まで歩くのだ。僕はこれからもずっとそんなことを続けていくのだろう。

中央通りの広い歩道を歩きながら、父のことを考える。

鶏取を閉めたあとも、父は主に居酒屋で働いた。仕事はたいてい昼すぎから夜まで。僕とはいつもすれちがった。そのせいか、二人でじっくり話したことはない。

父は、家ではあまり包丁を握らなかった。握りたくなかったというよりは、母に譲ってる感じだった。でも母は母で、ここぞというときは父に譲った。

今も覚えている。うまく休みが合ったのか、僕の高校入試前夜は父が料理をつくってくれた。メニューまで覚えている。蒸《む》した鶏に特製のタレをかけたものだ。そのタレが特にうまかった。ピリッとくるのだが、ほのかな甘みもある。白ご飯にもよく合った。もちろん、タレそのものも父が自分でつくった。あっという間にだ。すごいな、料理人、と感心した。

父は母子家庭育ち。大学への進学は、不可能ではなかったはずだが難しかっただろう。早い段階で、父は料理人になることを決めたのかもしれない。自分がこうなった今、僕は何となくそう思う。

その翌々日。僕は芦沢家を訪ねた。一美さんのお宅。準弥くんに呼ばれたのだ。ベース演奏の基礎を教えてほしい、と。

初めは、お邪魔するのも悪いので、準弥くんを僕のアパートに呼ぶつもりでいた。が、そこまで迷惑はかけられないと一美さんが言った。全然迷惑じゃないですよ、と僕は言ったのだが、ぜひウチに、と押し切られた。

水曜だから、おかずの田野倉は休み。一美さんも家にいる。大島の都営住宅。一美さんがおかずの田野倉に歩いて通ってるくらいだから、僕も歩いていける。ただ、平日なので、準弥くんには学校がある。約束は午後四時半にした。

丸八通りを北上し、小名木《おなぎ》川にかかる橋を渡って、都営住宅へ。

早くても困るだろうと思い、四時半ちょうどを狙ったのだが、棟数が多くてややとまどい、結局は三分遅れの到着となった。

チャイムに応えてドアを開けてくれたのは一美さんだ。店にいるときと同程度の薄めのメイクをしている。

「いらっしゃい」

「すいません。遅れました」

「こっちは家だからだいじょうぶ。入って」

「お邪魔します」

くつを脱いで、なかに上がる。

2DK。こぢんまりしている。きれいに片づけられている。一美さんらしい。母が住んでた鳥取の県営住宅を思いだす。この手の団地はどこも印象が似る。微妙に低い天井のせいなのか。

準弥くんの部屋は洋間のほう。そちらへと通された。

勉強机の前のイスに準弥くんが座っている。すでにベースを腿《もも》の上に載せている。学校から帰ったらすぐに弾く。いいことだ。

「こんにちは」と僕が言い、

「こんにちは」と準弥くんが返す。

「やってるね」

「うん」

「どう?」

「難しい。指が痛い。一度マメができて、つぶれた」

「何度かそれをくり返すうちに、硬くなってくるよ。指の腹自体がタコみたいになる。そしたらもう、痛くなくなる」

「狭くてごめんね」と一美さんが僕に言う。「座って」

手で示されたベッドの縁《ふち》に座る。シンプルなつくりのパイプベッドだ。ニトリで買ったのかもしれない。

「お茶淹れるわね」

「すいません」

「緑茶とコーヒーならどっちがいい？　あと、ココアもあるけど」

「じゃ、ココア。ちょっとそそられますね。一人だと、まず飲まないんで」

「ココア。ココアにしよう。甘くないほうがいい？」

「はい」

「了解。準弥も同じでいい？」

「うん」

一美さんが台所のほうへ行く。

さっそく準弥くんに言う。

「結構弾いてるんだ？」

「うん。毎日。教則本を買ったから、それを見てやってる。でも何か、読むだけじゃわかんなくて」

「まあ、決まったやり方なんてないからね。自分に合う練習法を見つければいいよ。ドレミファソラシドは、弾ける？」

「どうにか」

準弥くんが実際に弾く。ドレ、ミファソ、ラシド。

アンプはないから、生音《なまおと》。でもちゃんと鳴っている。レとミのあいだ、ソとラのあいだで区切られてしまうのは、はじく弦が替わるからだ。

「まずはドレミだと思って、ずっとこればっかりやってる。低い音でやったり、高い音でやったり」

「低いポジションと高いポジションに同時に慣れておくのはいいかも。ただ、小指をつかってないね」

「何か力が入らなくて。どうしても薬指でいっちゃう」

「それはやめたほうがいいよ。癖になると面倒だから。教則本にも書いてなかった？」

「どの指もつかうみたいなことは、書いてあったけど」

「そこはさ、初めから無理にでもやったほうがいい。というか、やらなきゃダメ。ただでさえ一番力が弱い指なんだから、つかいまくって鍛《きた》えないと」

「薬指でもどうにか届くけど」

「小指がつかえると楽なんだよ。つかえないとキツい。例えばさ、ちょっといい？」

両手を伸ばし、準弥くんからベースを受けとる。アイバニーズの黒ベース。久しぶりだ。

かまえ、弾く。わかりやすく、ゆっくり。小指をつかって。ドレミファソラシド。わざと一音一音区切って弾く。

次は、小指をつかわずに。ド、レ、ミ、ファ、ソ、ラ、シ、ド。

二度めは少しテンポを上げるが、区切ることは区切る。特に薬指のところでその感じを強く出す。

「わかるかな？　滑らかさがなくなるんだ。小指をつかえばスムーズにいけるのに、どうしても間ができる。速いフレーズにも対応できなくなる。だから、初めから小指をつかうようにしたほうがいい。あとで直すのは大変だから」

「わかった」

「つかってるうちに、ほかの指と変わらないくらい力がついてくるよ」

「うん。今日からは小指でいく」

「あとは、あれだね、弦をはじくほう。右手の人差し指と中指。これもさ、必ず交互につかうんじゃなくて、リズムに合わせてつかったほうがいい。例えば、８ビートでタタタタタタタタなら交互でいいんだけど、タッタタッタタッタタッタなら、初めのタッタは人差し指の連続で、次のタッタは中指の連続。そのほうが、リズムがとりやすいんだ。よくさ、オモテとかウラとか言うよね。オモテは人差し指、ウラは中指でいく、みたいな感じかな」

これまた実際に弾いてみせる。

「おぉ」と準弥くん。

「こうしたほうが上達は早いと思うよ。そのうち、いちいち考えなくても、指がリズムに合わせて勝手に動くようになるから」

「なる？」

「なる」

「ぼくもなる？」

「誰だってなるよ」

そしてベースを返そうとしたが。準弥くんに言われる。

「もうちょっと弾いて。何か曲とか」

「ベースだけだとわかりづらいと思うけど。あ、でもこれならわかるか」

高校生のときに聖星誓でやってたエバーグリーン・バンブーズの『エバーグリーン・バンブー』。ベースラインが印象的なので、それを弾く。

「あ、バンブーズ」と準弥くん。

「お、知ってるね」と僕。

「すげえ。曲そのまま」

「ほんとにそのまま弾いてるからね。どこも変えないで」

「いつかぼくも弾けるかな」

「弾けるよ。この曲はそんなに難しくない」

「そうなの？」

「そう。半年あればいけるんじゃないかな。いっちゃおうよ、文化祭までに。いつ？　文化祭」

「九月」

「じゃあ、五ヵ月か。がんばろう。やっちゃおう」

「うん。みんなに言ってみるよ。バンドのメンバーに。バンブーズやろうって」

そこへココア登場。一美さんが運んできてくれた。お盆の菓子器には、外国人も大好きだという抹茶《まっちゃ》味のキットカット。さらには、お茶請《う》けの鉄板ハッピーターン。

「変な組み合わせでごめんなさいね」と一美さんが言う。「和にも洋にも対応できるよう準備したらこうなっちゃった」

「どっちも好きですよ。普段お菓子を買わないから、すごくうれしいです」

「そう言ってくれるとたすかる」一美さんは勉強机にお盆を置き、準弥くんに言う。「どう？　柏木先生は」

「うまいよ。ムチャクチャうまい」

「いやいや」とそこは否定する。謙遜《けんそん》ではない。否定。「やってた人なら普通だよ。うまくも何ともない」

「あ、そうだ」と準弥くん。「あれ、何だっけ。えーと、スラップ。できる？」

スラップ。昔で言うチョッパー。右手の親指で弦を叩くようにはじくのと人差し指や中指で下から引っぱって指板に打ちつけるのを組み合わせる。それで打楽器のような効果を出す。地味と言われがちなベースをカッコいいと言わせる派手な技術の一つだ。僕はそんなには惹かれない。メロディのようなベースラインを弾くほうが好きなので。

「あんまりやったことないから、見よう見まねでしかできないよ」

そう言って、簡単にブパブパやってみる。見事な子どもだまし。でも準弥くんはまだ子ども。だまされてくれる。

「おぉっ。すげえ」

子どもではない一美さんまでもがだまされてくれる。

「わぁ。ほんと、すごい。うまいんだね、聖輔くん」

これがスラップのいいところだ。すごそうに見える。ハッタリをかませる。曲でなくても曲っぽくできる。

そしてベースを置き、ちょっと休憩した。

ココアを飲み、キットカットとハッピーターンを食べる。どれもおいしい。

チョコ、ついに食べられたな、と思う。もう一年は食べてないかな、とあらかわ遊園で青葉に言ってから、さらに時間が経っている。

でもココアはそれ以上に久しぶり。　高校生のころ母に入れてもらって以来。そういえば母もハッピーターンは好きだった。と、そんなことまで思いだした。

それからまたベース練習に戻った。練習するのは準弥くん。僕は指導。偉そうだ。

準弥くんは無理に小指をつかって弾いた。そのせいで、初めより下手になったように見えた。自分でもそう言った。

「だいじょうぶ」と僕は返した。「あとで一気に挽回《ばんかい》するから。今は我慢。いや、あと二ヵ月は我慢かな」

「長《なげ》ぇ〜」と準弥くんは笑う。「二ヵ月後って、もう梅雨《つゆ》じゃん」

「でもその梅雨が明けるころには『エバーグリーン・バンブー』も弾けるようになってるよ」

「ほんと？」

「たぶん」

「たぶんか」

「いや、ほんと。たださ」と僕はそこで声を潜《ひそ》める。台所にいる一美さんに聞こえないように。「受験勉強もしてね。そうしてくれないと、おれがちょっとヤバい」

「それはするよ。しないと、ぼく自身がヤバい」

中学生へのベース演奏指導は、思った以上に楽しい時間になった。ココアとキットカットとハッピーターン込みで二時間みっちりやった。初めはこうしたほうがいいという基礎的なことは充分伝えられたと思う。あとは練習あるのみ。準弥くん次第だ。

ではそろそろ、と立ち上がったところで、一美さんに言われた。

「聖輔くん、晩ご飯食べていきなよ」

「あ、いえ、それは」

「食べていけば」と準弥くんにも言われる。

「充分です。お菓子を頂いたので」

「充分じゃないよ」と一美さん。「こっちはベースを頂いちゃってるんだし」

「それは僕が押しつけたようなもんですから。ほんと、うれしいです。ありがとうございます。でも今日は帰ります」

「もしかして、カノジョと約束があるとか？」

「いえ、そういうのはないです。カノジョ、いませんし」

「いないの？」

「はい。カノジョをつくる余裕なんてないです」

「そういうことに、余裕のあるなしは関係ないんじゃない？」

「まあ、そうかもしれないですけど」

督次さんにも似たようなことを言われた。金がなくても、カノジョはいたっていい、と。

「じゃあ、また次の機会にね。言ってくれれば、食べたいものをつくるから」

「お願いします。じゃあ、失礼します」

「聖輔さん、ありがと。ぼくさ、マジで練習するよ」

そんな準弥くんの言葉を聞いて、気分よく芦沢家をあとにした。

階段を下り、外に出る。

午後六時半。空はもう暗い。

が、そうは言っても、ここは東京。どこにいても、真っ暗にはならない。明かりはどこにでもある。町と町がつながっているから、明かりもつながっている。地方にはある町の端っこみたいな部分がない。そこにある暗がりがない。

僕はすでに、夜でも真っ暗にならないその状態に慣れている。うれしくもあり、悲しくもある。

芦沢家では頂かなかったご飯を、意外なところで頂くことになった。

都内ではない。鳥取でもない。江東区から電車で三十分弱下った辺りに位置する習志野《ならしの》市。そこにある川岸家でだ。大学で組んでたバンドのドラマー川岸清澄の家。実家。清澄がというよりはその母親が僕を招いてくれたのだ。

ＬＩＮＥの通話で連絡をくれた清澄によれば、こう。

「柏木くんのことを話したらさ、母親が、お昼をごちそうしたいって言うんだよ」

バンド仲間が大学をやめてしまったことを何気なく話したら、あれこれ訊かれたらしい。だからもう少し話した。僕が父に続いて母も亡くしたことや、結果大学をやめて働かざるを得なくなったことなんかを。

それを聞いた清澄の母いよ子さんは言ったそうだ。来てもらいなさいよ、と。

で、清澄は僕に言った。

「柏木くん、悪いけど来てくれないかな。母親、言いだしたら聞かないからさ」

ということで、行くことになった。その日なら清澄の授業もどうにかなるとのことで、僕が休みの月曜に決まった。

習志野市の海寄り。住宅地。団地があり、一戸建てもある。きちんと区画整理されている。商店街のようなものはない。コンビニも少ないという。単身世帯が少ないからそうなのかもしれない。と、それは僕のでなく、清澄の意見。なるほどな、と思う。清澄は法学部生。だからということでもないが、剣や僕よりは切れる。

　JR京葉《けいよう》線の新習志野駅から徒歩十五分。でも南砂町からだと津田沼《つだぬま》のほうが来やすいでしょ、と言い、清澄は総武《そうぶ》線の津田沼駅まで家の車で迎えに来てくれた。

　その車中、これ何て車？　と訊いたら、プリウス、と答がきた。あぁ、これがプリウスなんだ。そう言うと、清澄はこう言った。納車されたときにおれもそう思ったよ。あぁ、これがプリウスなんだって。

　川岸家は高校のすぐわきにあった。清澄の母校だ。

　家自体はごく普通の一戸建て。一階と二階がストンとつながってる洋風家屋。車庫に車が入る。ハイブリッド車なので、音は静か。でも気づいたらしく、玄関では清澄の母いよ子さんが出迎えてくれた。ドアを開けてわざわざ外に出るという形でだ。

「いらっしゃい」と先に言われ、

「お邪魔します」とあわてて言った。

　くつを脱いで三和土から上がると、スリッパを履かされた。いや、履かされたは言葉が悪い。スリッパを出してもらった。そして居間へと通された。

　清潔な感じがした。急いで片づけられたのでなく、それがいつもの状態。そんな感じもした。都営住宅や鳥取の県営住宅とは雰囲気がちがう。ちがいは広さだけにとどまらない。何というか、余裕がある。余裕が家全体に満ちている。

　正午すぎ。いよ子さんは昼ご飯の用意をすませてくれていた。でもそれを頂く前におみやげを渡した。おかずの田野倉の惣菜セットだ。

午前中、アパートを出ると、僕は遠まわりをして、おかずの田野倉に行った。そこで、並べられたばかりの揚げものを買い求めた。

もちろん、お金は払った。訊かれたので事情を話すと、そういうことならただにしてやる、と督次さんは言ってくれた。が、そこはがんばって払った。ただのものをおみやげにするのは失礼になるような気がしたからだ。

そのくせ、負けてやるという申し出はありがたく受けた。僕の弱いところだ。詰めが甘い。でもおかげでカニクリームコロッケを追加することができた。川岸家は三人家族。ヒレカツ三、ハムカツ三、おからコロッケ三、カニクリームコロッケ三。

今日の聖輔くんはお客さんだからわたしがやる、と一美さんが詰めてくれた。フードパックは全部で三つ。大人三人がこんなに揚げものを食べるかな、とちょっと不安になった。でも足りないよりはいい。

そのおかずセットを、白いレジ袋ごといよ子さんに手渡した。

「自分の店のもので申し訳ないんですけど、これ、どうぞ」

「あら、コロッケ？　あと、カツも。ありがとう」

そして三人でダイニングテーブルに着き、昼ご飯。

出されたのは、いよ子さんによれば、タラのムニエル。タラなんて、食べるのはまさに高校生のとき以来だ。なじみがなさ過ぎて、漢字さえわからない。実際にそう言ったら、清澄が教えてくれた。魚偏に雪で、鱈《たら》。言われてみればそうか、と思うが、言われなければわからない。

鱈のムニエルは、高そうなお皿に載せられていた。いや、高そう、ではない。何というか、感じのいいお皿だ。白ご飯も、同じく感じのいい平たいお皿に盛られている。そしてお箸の代わりにナイフとフォーク。

「すごい。ファミレスみたいだ」とつい言ってしまってから、いよ子さんに向けてこう足す。「あ、いえ、安っぽいみたいな意味じゃなく、完全な洋食という意味です」

「完全な洋食」と清澄がその言葉をくり返す。

「あの、僕にしてみれば、もうファミレス自体、完全に高級店なので」

「それは何に対する言い訳？」と清澄が笑う。

「お魚を食べる機会はあまりないだろうと思ってこれにしたの」といよ子さんが説明する。「お肉よりはお魚かなって」

「だったら和食でもよかったような」と清澄。「さばの塩焼きとか、あじの開きとか」

「それじゃ味気ないじゃない。せっかくお友だちを呼ぶんだから、少しはカッコをつけないと」

笑った。母親世代の女性の口からカッコをつけるという言葉が出てくるのはいい。何だかほっとする。

「別にさ、いつもナイフとフォークで食べてるわけじゃないからね」と清澄が僕に言う。

だとしてもそういうのが似合う家だな、と思う。前々から感じてたことだが、清澄は品がいい。きちんと育った感じがする。きちんとした親に育てられた感じがする。いよ子さんを見て、納得した。

僕はそのいよ子さんに言う。

「何かすいません、コロッケなんか持ってきちゃって」

「そんな。コロッケ大好き。今夜頂きます」

「ハムカツは久しぶりだよ」とこれは清澄。「家でトンカツはつくっても、ハムカツまではなかなかつくらないから。しかもお店のハムカツ。楽しみ」

鱈のムニエルはおいしかった。そう、これが鱈、と思いだした。母は水炊《みずた》きに必ず鱈を入れた。料理法はちがうが、その味だ。

父や母のことをあれこれ訊かれるのかと思ったが、そんなことはなかった。お父さんも、お母さん、も言わないどころか、気を落とさないでね、というようなことさえ、いよ子さんは言わなかった。僕はむしろ拍子《ひょうし》抜けしたくらいだ。

食べ終えてごちそうさまでしたを言うと、二階の清澄の部屋に上がった。

居間同様、清潔に整えられた洋間だ。ベッドが置かれているが、ものは多くないので、広く感じられる。

「いいベッドだね」と言ったら、

「いいけど、ニトリだよ」と言われた。

そのベッドの縁に座る。清澄は枕に近いほう。僕は足もとのほう。

いよ子さんがすぐにコーヒーを持ってきてくれた。感じのいいカップに注がれた香りのいいコーヒーだ。ミルで豆を挽《ひ》いて淹れたもの。

ベッドにこぼさないよう、立って飲む。おいしい。

で、また座り、清澄と話す。

剣とは何度もあるが、清澄とこんなふうに話すのは初めてかもしれない。仲はいいが、清澄が僕のアパートに泊まりに来たことはないので。

「清澄はさ、いずれ司法試験を受けるの？」と訊いてみる。

「受けないよ」と答がくる。

「そうなの？」

「うん。教職をとるだけで充分。親が教師だし」

それは前から知っていた。清澄の父之彦《ゆきひこ》さんは、みつば高なる公立校の校長だ。いよ子さんも、之彦さんと結婚するまでは高校の教師だったらしい。清澄を産んだあとに復職することも考えたが、結局はしなかったという。

「先生になるんだ？」

「たぶんね」

「高校？　中学？」

「高校。中学は大変だよ」

「法学部だと、科目は何？」

「地理歴史と公民」

「教育実習はすぐそこでだ」

「うん。徒歩三分だから楽だよ」

「三分かからないでしょ」

「いや。校門までは意外とかかるんだ。まさか教育実習生がフェンスを乗り越えて入っていくわけにもいかないし」

「剣ならやりそうだけどね」

「あぁ。やりそう」

「篠宮先生には、あんまり教わりたくないな」

「でも授業は楽しそうだよ」

「脱線に次ぐ脱線だろうね。社会科のはずが、保健体育の話とかしそう」

「あぁ。しそう」

再び立ってコーヒーを飲む。

剣の名前を出したからには、訊いてみる。

「ドラムは叩いてる？」

「叩いてない。バンドはやめたよ」

「え？　そうなの？」

「うん」

「いつ？」

「はっきりやめたのは、先々週かな。前からずっと考えてたんだよね。柏木くんのことがいいきっかけになったよ。柏木くんがやめたのは、やっぱり大きかった。それに、教職をとってると、時間のやりくりも大変だし」

「そうか。やめちゃったのか」

「しばらくはスタジオにも入ってなかったしね。篠宮くんも、柏木くんがやめてからはそんなに乗り気でもなかったんじゃないかな。もう、ヴォーカルを探してる感じもなかったし」

「結局、ヴォーカルは決まらないまま終了だ」

「終了かはわからない。篠宮くんはまだやるかも。おれが抜けただけだよ」

「ドラム、たまには叩きたくならない？」

「なるけど。そのためにスタジオに入ってとまではいかないね。今さら知らない人と合わせようとも思わないし」

「おれがやめたあと、一つ下の石井くんが入ったんだよね？　かなりうまくなったたって、剣が言ってたけど」

「うん。うまくはなったね。でもさ、ドラムとベースって、やっぱり相性があるじゃない。石井くんとは、合わなかったんだよね。別に人としてどうということはなかったんだけど。いや、多少はそれもあったのかな。石井くんは、ほら、どちらかといえば篠宮くんタイプだから」

篠宮くんタイプ。わかる。演奏にあてはめて言うと、細かなことはわきに押しやり、ノリ重視でいくタイプだ。

「バンドをやめたんなら、ノイズもやめた？」

「そっちはやめるとは言ってない。言う必要もないでしょ」

ないだろう。ただの軽音サークル。縛りはキツくない。きちんとした組織でもない。きちんとした清澄が何故入ったのか、不思議になるくらいだ。

「柏木くんは、ベースは？」

「やめた。ベース自体も人にあげたよ」

「そうなんだ」

「うん。中学生。一緒に働いてる人の息子さん。ベースをやるっていうから、ならつかってもらおうと思って」

「もう弾きたくは、ならない？」

「うーん。まったくならないことはないかな」

まったくならないことは、ない。芦沢家で久しぶりに弾いたときも、楽しかった。でも準弥くんが弾いてくれてるのを見て、あげてよかったな、と思った。もう僕よりは準弥くんだな、とも。

「調理師になるんだよね？」

「うん」

「柏木くんならやれそうだね」

「どうかなぁ」

「やれるよ。ベース、うまかったし」

「料理とベースは関係ないよ」

「いや、あるでしょ。手先が器用なんだから、包丁扱いもうまいはず」

「それ、剣にも言われたよ」

「篠宮くんは、おれにもそう言ったよ。今のはその受け売り。でもさ、音感のよさっていうのも、料理には活きるような気がするよ。音に対する感覚は味に対する感覚に通ずるんじゃないかな。どっちにも、ある種の美的感覚は必要でしょ」

「通ずると信じたいね。いずれはどうにかなると信じたいよ」

というよりは、どうにかしなきゃいけない。自分で。

川岸家には、結局、三時間ほどいた。コーヒーは二杯飲んだ。いよ子さんがわざわざ二杯めを注ぎに来てくれたのだ。ガラスのサーバーを持って。

そして僕が帰る直前、いよ子さんはほかのこともしてくれた。

来たとき同様、帰りも清澄がプリウスで津田沼駅まで送ってくれることになった。その出がけ、清澄のスマホに電話がかかってきた。ちょっとごめん、と清澄は居間に戻った。玄関で、いよ子さんが僕に言った。

「遠慮しないでまた来てね。ご飯ぐらい、いつでも食べさせてあげる」

「ありがとうございます」

「あと、本当に困ったらそのときは言って。お金も少しなら貸せるから」

「いえ、それは」

「いいの。困ったときは借りられる。そう思っておいて。一人でがんばることも大事。でも頼っていいと言ってる人に頼るのも大事」

いよ子さんは僕に白い封筒を差しだした。

何だかわからないまま、受けとる。

「電車代」

「いえ、それは」とまた同じことを言って、返そうとした。

が、いよ子さんは受けとらない。

「ご飯を食べさせてあげるなんて言いながら電車代は負担させるんじゃ、意味ないでしょ？」

「でも」

「いいから」

そこへ清澄が戻ってきた。僕が手にした白い封筒を見ても、何も言わない。

「じゃあ、すいません。頂きます。ありがとうございます」

「気をつけて帰ってね」

「はい」

「清澄も、気をつけて運転してね」

「うん」

「じゃあ、失礼します」

家を出て、プリウスに乗る。

駅までは車で十分強。その時間で清澄に礼を言う。

「ほんと、ありがと」

レベルだろう。

「いや。また来なよ。どうせまた呼ばれるから」

「電車代、もらっちゃったよ。いいのかな」

「いいでしょ。こっちはカツとコロッケをもらってるんだから」

川岸親子。いよ子さんと清澄。品がいいどころの話ではない。徳が高い、と言っていいレベルだろう。

津田沼駅のロータリーの手前で素早くプリウスから降り、清澄と別れた。姿が見えなくなるまで車を見送る。

そのあとも、すぐには駅に向かわない。少し戻る形で歩きながら、いよ子さんにもらった白い封筒のなかを見た。お札が一枚。千円札だろうと思ったら、何と、五千円札だ。電車代と言いつつ、五千円。南砂町と津田沼を六往復できてしまう。

鳥取の尾藤富貴子さんならまだわかる。富貴子さん自身が母を知っていたから。でもいよ子さんはそうではない。母のことも父のことも知らない。僕とも今日初めて会っただけ。なのに五千円。ご飯を食べさせてくれたうえに、五千円。

封筒をしまい、そのまま歩きつづける。あては何もない。僕が知ってる情報は、漠然と、津田沼。京成《けいせい》本線も利用できたらしいから、たぶん、海側。それだけ。

川岸家にお邪魔する気になったのも、実はこの津田沼と近いことがわかったからだ。このあと行ってみる、と清澄に言ってもよかったが、言わなかった。言えば、清澄は車で付き合ってくれたかもしれない。でも人の車でまわるのは、ちょっとちがうような気がしたのだ。

父は青梅市の出身。若いころは津田沼に住んでたと聞いたことがあった。日本橋のやましろに勤める前はこの津田沼に住み、どこかの飲食店に勤めてたらしい。それがどこかはわからない。住んでたのはアパートだろうが、それもどこかはわからない。父が二十歳のころだから、三十年前。店もアパートもすでになくなってる可能性が高い。

それでも、清澄に連絡をもらったとき、じゃあ、行ってみよう、と思った。

青梅は、おととし、大学一年のときに行った。父がどこの市営住宅に住んでたかは知らなかったから、ただ町を見ただけ。

都心から離れるのでもっと田舎かと思っていたが、そうでもなかった。緑もあったが、マンションもあった。昭和感を売りにしてるらしく、あちこちに昔の映画の大看板が飾られていた。

青梅駅の周りを歩き、カフェでコーヒーを飲んで、帰ってきた。カフェというよりは喫茶店と言いたくなるような店だ。父が住んでたころにその店があったかわからないが、少なくとも父がその駅前の道を歩いたことはあるだろう、と思った。

そして今年、僕は日本橋の多吉に行き、そこからの流れで銀座の鶏蘭にも行った。あとは、父絡みで地名を知ってるのはこの津田沼だけ。行こう、となった。

津田沼は、青梅より広く拓《ひら》けてる感じがする。まず駅前のロータリーが広い。マンションも多い。

父が青梅にいたのは、まだ子どものころ。でも津田沼にいたのは、今の僕と同じぐらいのころ。そのときの父は、すでに料理人の道に進むことを決めた父だ。スタートを切りたての父。

わき道に入り、適当に歩く。川岸家がある辺りほどは区画整理されてないので、方向がわからなくなる。初めて来た土地ではありがちなことだ。

十五分ほどしたところで、神社が見えた。入ってみる。

広さは、よく町なかにある児童公園と同じぐらい。敷地全体が高木に囲まれている。そのためか、ひんやりする。といって、陽が射さないわけではない。木々のすき間を通る光の筋がところどころに見える。枝々のすき間を通るものは、はっきりと見える。無人とはいえ、さすがは神社。神々《こうごう》しい。

奥に小さな社殿があり、手前にベンチがある。座る。

辺りを見まわす。夜ならこわいかもな、と思う。この感じなら、かなり暗くなるだろう。それとも、街灯の光が射し、案外明るいのか。

青梅駅近くの喫茶店同様、父がこの神社に来たことがあるかわからない。でも父が住んでたころからまちがいなく存在してはいただろう。何せ、神社なのだから。数年前に新規オープン！　ということはないはずだ。

この辺りに父はいた。それでいい。

日本橋の多吉でもそうだった。鳥取以外の場所で父を感じられるのは新鮮だ。でも無理に父のことを考えたりはしない。そんなことはもう何度もやってきた。母についても同じだ。自ら考えにいくまでもない。自然と考えてしまう。これからだって、そうだろう。だからもう、わざわざ考えにはいかない。

ひんやりと涼しい神社で、一人、ぼんやりする。何故こんなとこにいるのか。こんなとこで何をしてるのか。と不思議な気分になる。

思いだす。

父は自宅でも包丁を研《と》いだ。普段の料理は母にまかせたが、それだけは自分でやった。包丁はいいものをつかったほうがいい。母によくそう言っていた。

母は母で、僕にこう言った。この包丁ね、一本一万円以上するのよ。でも、ほんと、つかいやすい。切れ味が落ちても、お父さんに研いでもらうと生き返る。

そう。生き返る、だ。母は確かにその言葉をつかった。父が事故に遭《あ》う少し前。僕自身はまだ高校生。包丁を扱ったことはなかったが、鈍《なま》った刃が生き返るというその感覚だけは何となく理解できた。

ふと空を見る。高木の上の空。鳥取ともつながる空だ。

自炊を始めよう、と思う。本を読んで勉強するだけではダメだ。アパートでも包丁や食材に触らなければいけない。調理師試験に実技はない。が、やれることはやっておかなければいけない。まずはニトリに行こう。いや、ニトリでなく、かっぱ橋《ばし》道具街に行こう。お金がもったいないなどとは言わず、店を何軒もまわって調理用品を買いそろえよう。

おととしの青梅から始まり、多吉、鶏蘭、津田沼。父を感じることはできた。僕自身の料理人としてのスタートを父に報告することも、できた。

一方、母を感じられる場所は鳥取しかない。両親を同時に感じられるのは、まさにそこしかない。

僕はこのまま東京に住む。でもこれからも鳥取に帰ると思う。もう家はなくても、帰るという感覚にはなると思う。

まずは南砂町に戻るべく、僕はベンチから立ち上がる。

雨が降っても、人は仕事に行かなければならない。だから通勤電車が空いたりはしない。でも雨が降って、今日は買物はいいか、となることはある。だから商店街の人通りは少なくなる。

アーケードがある商店街ならちがうのだと思う。ないところは、影響が出る。店に出入りするたびに傘を閉じたり開いたりする。それは面倒だ。

降りの程度にもよる。本降りになれば、さすがに閑散《かんさん》とする。食べ歩きを雨天決行する人も、そうはいない。店は暇になる。揚げるコロッケの数も減る。そこは督次さんが自身の判断で調整する。

今日がまさにその日だ。梅雨入り後初の、本格的な雨。通りは閑散。揚げは調整。

こんな日に休みだなんて映樹さんはツイてるな、と思う。いや。映樹さんなら、むしろツイてないと思うのか。店が暇なときに休んじゃもったいないだろ、くらいのことは言いそうな気がする。

僕は逆だ。暇なほうがツラい。お客さんが少ない日の店番は退屈だ。時間が経つのが遅い。休憩にもありがたみがない。こうして丸イスに座っていても、休憩感がない。

いつも忙しくしている督次さんまでもがこの更衣室兼休憩室にやってきて、隣の丸イスに座る。

「今日はもうダメだな」

「はい」

「これから上がってくれりゃいいけど、一日みたいだしな」

「明日も午前中は雨ですよ。スマホの天気予報で見ました。午後からはくもり、降水確率は四十パーセント、だそうです」

「四十は厳しいな。結局ダラダラ降るんじゃねえか？　みんなそう思うから、買物には出てこないだろ」

「そうなんですかね」

「まあ、今日出なかった人は来てくれるか」

「だといいですけど」

督次さんは両腿に両ひじを載せ、顔の前で両手の指を組み合わせる。油の熱に耐えられるよう皮が厚くなり、結果太くもなった指だ。実際、督次さんは高温の油がはねても動じない。僕なんかは、はねるたびに、うっ！　だの、熱っ！　だのと声を出してしまうが。

「なあ、聖輔」

「はい？」

「お前、調理師免許をとってこうなりたいとかってのは、あるのか？　和食の料理人になりたいとか、洋食の料理人になりたいとか。レストランで働きたいとか、ホテルの厨房で働きたいとか」

「あぁ」少し考えて、言う。「今はまだ、ないです」

「決めとくこともねえか。そのうち自然と決まるだろうし」

「はい」

「親父さんは、和食だったか」

「和といえば和なんですかね。鶏がメインの居酒屋をやってたので」

「お前、惣菜屋をやるのはいやか？」

「え？」

「惣菜屋だよ」

「こういうお店、ですか？」

「というか、この店、だな。おかずの田野倉」

督次さんは組み合わせた指を解《ほど》く。マッサージをするように、右手の親指で左の手のひらをもむ。

「おれと詩子に子どもはいないだろ？」

「はい」

「初めからわかってたんだよ。できないって」

知っている。一美さんから聞いた。でもそうは言えないので、黙っている。

「先のことを考えて店を始めたわけじゃない。ここまで続けられるとも思わなかった。でも運よく続けられた。で、そろそろこの問題に向き合わなきゃいけなくなった。要するに、後継ぎがいないんだ」

「あぁ」

「といって、継がせるほどの店でもないけどな」

「いえ、そんな」

「ただ、詩子と二人でずっとやってきた。もうおれも六十八だ。これからは何があってもおかしくない」

確かにおかしくない。まったくおかしくない。たとえ四十代でも、何かが起こるときは起こるのだ。二十代だってわからない。例えば猫は、飛び出す相手を選ばない。

そんなことを思いながらも、言う。

「まだまだじゃないですか」

「まだまだじゃない。聖輔ならおれ以上に知ってるだろ、人間にはいつ何があるかわからないって。おれもな、聖輔のことを知って、考えるようになったよ。おれはたまたまこの歳まで生きてこられたんだなって」

「でもたいていの人は、そうですし」

「悪いな。いやなことを思いださせて」

「いえ」

「こんなちっぽけな店でも、やっぱり愛着はあるんだよ。できることなら残したい。おれと詩子がやめたあとも、ここでコロッケが売られるのを見たい。そのコロッケを買いに来たい。だからやめるときは、店を閉めるんじゃなく、誰かに譲りたいんだ。誰かってのでは、この店を知ってる誰かだな。名前は変えてもらってかまわない。田野倉じゃないのにおかずの田野倉としてやる必要はない」督次さんは真横から僕を見て、こう続ける。「聖輔なら、ちゃんとやってくれると思うんだ」

聖輔なら。身寄りのない僕なら、という意味だろう。たぶん、映樹さんより僕、という意味でもある。

「でも、僕はまだ」

「働いて一年も経たないのにそんなこと言われたって困るよな。それはわかってる。ただ、おれも、早いうちに準備はしとかなきゃいけないんだ。別に深く考えなくていい。おれにそんな気持ちがあることだけ、知っといてくれ」

何も言えない。どう反応すればいいかわからない。

「聖輔が入ったのはいつだ。去年の九月か？」

「十月、ですね」

「てことは、えーと、八ヵ月か」

「はい」

「短いと思うかもしれないけどな、充分だよ。半年も一緒に働いてれば、ある程度のことはわかる。聖輔ならいずれ店をまかせられるとおれは思ってる。あのときメンチを負けといてよかったとも思ってるよ。八ヵ月とはいえ、お前は一度も店を休んでない。遅刻もしてない」

「早退はしましたよ。カゼで」

「あれはおれが帰らせたんだ。おれが言わなかったら、お前は帰らなかったろ」

そうかもしれない。挙句《あげく》に倒れたりして、かえって迷惑をかけていたかもしれない。

「先のことだからって、いい加減な気持ちで言ってるわけじゃない。それはわかってくれよな」

「はい」

わかる。そんな大事なことを、いい加減な気持ちで言えるわけがない。

とまどいはする。大いにする。でも、単純にうれしい。店がどうこうでなく、督次さんがそんなふうに言ってくれたことが。身寄りのない僕なら、つまりあとがない僕ならちゃんとやる。必死にやる。督次さんはそう考えてくれたのだと思う。

普通なら、映樹さんだろう。督次さんから見れば、友人の息子。僕よりは仕事歴も長い。手際もいい。経営面はともかくとして、厨房で督次さんがやることの七割八割はすでにこなせる。

一美さんもそれは同じかもしれない。が、立場はちがう。男がどう女がどう、ではない。まず一美さん自身に店を持つ気がないはずだ。

映樹さんはどうなのか。店を持つ気があるのか。店主になる気があるのか。

ないことはないだろう。おれが店をやるならおにぎりも扱うよ、なんて言うこともあるから。米を炊《た》く設備を導入しても、ここなら充分もうけを出せるだろ、とかなり具体的なことも言う。

督次さんが同じ話を映樹さんにもしたとは思えない。二人を天秤《てんびん》にかけて競わせる。督次さんはそんなことをする人ではない。それこそ八ヵ月一緒に働いているのだから、そのくらいのことはわかる。督次さんは、あえて今日言ったのだ。暇な雨の日だから、ではなく、映樹さんが休みの日だから。

「これじゃ休憩になんねえよな」と言って、督次さんは丸イスから立ち上がる。

僕も立ち上がろうとするが、制される。

「いい。お前はもうちょっと休め」

「でも、そろそろ時間ですし」

「忙しいときはちゃんと休ませてやれないからな、こんなときぐらいは休め。給料から引いたりはしないよ。というか、ほんとは、きちんと休めてない分を上乗せしなきゃいけないんだよな」

督次さんが更衣室兼休憩室から出ていく。階段を下りる音が聞こえてくる。

僕は浮かせてた腰をストンと落とす。丸イスの脚がギギッと鳴る。

何だろう。ちょっと身が震える。親切な人は、いる。鳥取にも、銀座にも。新習志野にも、南砂町にも。

で、この日はうれしい給料日。月に一度の贅沢デー。ラーメンデーだ。

基本、外食はしない。自炊をするようになってからは、アパートの近くのすき家《や》にも行かなくなった。

自炊といっても、大したことはできない。ワンルームでガス台は一つしかないし、調理スペースもほとんどない。かっぱ橋道具街で奮発して買った一万円の三徳《さんとく》包丁で野菜や肉を切り、それらを小さめのフライパンで炒《いた》める程度。

でも調味料の加減や炒める時間で味や食感は大きく変わることがわかった。わかることで、興味も増した。今日はこう。明日はこう。日進月歩。楽しい。

ただ、そうは言っても二十歳の男。たまには無性《むしょう》にラーメンが食べたくなる。カップ麺で代用はできない。店のラーメンとカップ麺は別ものだ。これは法政大学経営学部三年の篠宮剣氏も言っている。だってさ、店でラーメン食ったあとに家でカップラーメンも食えるじゃん。

雨だから、行こうか行くまいか迷った。でも降りは弱くなっていたし、どうせアパートまでは歩かなければいけないから、足を延ばすことにした。何よりもまず、朝からもう、気持ちがラーメンに向いてしまっていた。

店は初めから決めていた。清洲橋《きよすばし》通り沿いに最近できた鏑木家《かぶらぎや》だ。こってりのとんこつしょうゆ。店は新しいが、グルメサイトの評価は高い。先月から、今日はそこにするつもりでいた。かぶらぎ。かしわぎにも似た響き。親近感もある。期待大。

しょうゆ。みそ。塩。とんこつ。昔からラーメンはどれも好き。一つには絞れなかった。でも東京に出て初めてとんこつしょうゆのラーメンを食べたとき、これはうまいなぁ、と思った。あっさり一つに絞れてしまった。とんこつしょうゆはたいてい僕好みの太麺であることも大きかった。

雨だからか、行列はできておらず、すんなり店に入ることができた。券売機で食券を買う。ベーシックなラーメンにした。八百円は痛い。でも野菜増しでその値段だから悪くない。月イチの贅沢。そのくらいはいい。

座ったのはカウンター席。ラーメンは十分ほどで届けられた。野菜の盛りがいい。主にもやしだが、高さがある。どんぶりの縁よりずっと高い。

小声でいただきますを言う。もやしを急いで食べ、できたすき間から太麺をすすり、スープを飲む。麺は普通、脂《あぶら》も普通、でお願いしたが、麺は思ったより硬く、脂は思ったより多い。でもうまい。来月とは言わないが、再来月の再訪はあるかもしれない。

目的を果たしたことで、とりあえず落ちついた。夕方の休憩の際に督次さんに言われたことを思いだす。

うれしい。その気持ちは続いている。正確に言うなら、うれしいというよりは、ありがたい、だ。本当にありがたい。まだ何もできない自分には応えようがない。そのことがもどかしい。

ラーメンをゆっくり食べながら、あらためて考えてみる。

一美さんや映樹さんはともかく。僕自身に、店を持ちたいという欲はあるだろうか。おかずの田野倉のような店。鶏取のような店。鶏蘭のような店。

持てたらいいなぁ、とは思う。でも今のところ、欲と言えるほどのものはない。むしろ持つべきではないとの意識がある。何故か。父を知ってるからだ。

僕が中学生のころ。だから父はすでに鶏取を閉め、よその店で働いていたころ。

夜、自宅で父は母にぽつりと言った。

「おれ、経営には向いてなかったんだな。一料理人でいるべきだった」

僕は父の背後でその言葉を聞いた。確か、ふすまを開け放った和室で、父と母がいた居間からの明かりを頼りに足の爪《つめ》を切っていた。

話をすべて聞いてたわけではないから、どんな流れで出た言葉なのかはわからない。でもその部分だけは耳に残った。一料理人、という言葉が耳をとらえたのだ。いや。僕の耳のほうがその言葉をとらえた。

とはいえ、そのときは意味を理解しただけ。特に何も思わなかった。今は少し思う。元経営学部生ではあるが、僕も経営には向いてないだろうな、と。

たぶん、僕は広い視野を持てない。決断力もない。料理人になろうと決めたのは、そこへと向かわされる多くの要素があったからだ。

包丁で肉を切ったり、フライヤーでコロッケを揚げたりするのは楽しい。熱い油のなかでジュラジュラいうコロッケを見るのも好きだ。今まさにおいしくなろうとしてくれてるのだとうれしくなる。そこには動きがある。食材が料理に変わっていくのが見える。自分がそれをしていると思える。包丁で指を切れば血が出る。油がはねれば火傷《やけど》をする。すべては僕次第。

経営だって、それは同じだろう。大事な判断を誤れば、損失を出して痛手を負う。でも僕はそちらの痛みには耐えられないような気がする。言い方は変だが、出血や火傷ほどは楽しめないような気がする。

「おい、何やってんだよ。順序がちがうだろうが」

僕の目の前、カウンターの内側で、若い店長がもっと若い店員を叱《しか》る。店長は三十歳ぐらい。店員は映樹さんぐらいだろうか。

「何度言ったらわかんだよ。何度同じことすんだよ」

「すいません」

何の順序がちがうのか。そこまではわからない。店長と店員の了解事項のようなものがあるのだろう。実際、店員は何度も同じまちがいをしてしまったのだろう。

僕も店ではよくやる。忙しさのあまり、やらかしてしまう。で、督次さんに怒られる。すいませんと謝る。お客さんの前で怒られることもある。店自体がオープンなつくりだからしかたない。

ただ、この感じにはならない。ひやりとするような緊張は生まれない。お客さんも、それは感じないだろう。督次さんも、わかってやっている。

「お前さ、やる気あんのかよ」

「すいません」

「すいませんじゃなくて。やる気あんのかって訊いてんだよ」

「はい」

「あるかないか言えよ」

「あります」

客前での叱責としては、度を越したような気がする。途端にラーメンの味が落ちる。僕のほうで味を楽しめなくなる。再訪はないかもな、と思ってしまう。

たとえどんなにラーメンがうまくても、この手の店には行かなくなる。ほかの人のことは知らない。うまければいいという人もいるかもしれない。でも僕はそうなってしまう。

寛《くつろ》いで食べられる環境というのは、案外重要なのだ。

料理をつくる側、提供する側は、最低限それを理解しておくべきだろう。自分は気にならない、ではなく、気になる人もいるのだということを認識しておくべきだろう。

板垣三郎さんの話を思いだす。日本橋のやましろで父の先輩であった板垣さんだ。職人気質、と鶏蘭の山城時子さんは言った。父はお客さんへの態度に関して先輩の板垣さんに意見し、店をやめた。

厳しさとは何なのか。自分への厳しさ。他人への厳しさ。それは同じであるべきなのか。分けて考えるべきなのか。駆けだしの僕にはわからない。

が。父が僕の父でよかった、とは思う。厳しさをそうとらえる父が父でよかった。父や僕が甘いのかもしれない。もしそうなら、僕はこの先もずっと甘いままでいい。

妙なことで味が落ちてしまったラーメンを最後まで食べる。スープもすべて飲む。食べものを残す習慣は、昔からないのだ。父と母がそれを教えてくれた。父は自ら実践することで。母は、実践に言葉を交えることで。

「ごちそうさまです」と言って、僕は鏑木家を出る。

「ありがとうございましたぁ」と店長も店員も言ってくれる。

気持ちのいい声だ。感謝の念が伝わる。言い流してない。僕自身、日々接客をしているのだから、そのくらいはわかる。

そんな声を聞くと、また来たくなってしまう。

というこの単純さ。

やはり僕は経営者には向いてない。


あらかわ遊園は確かに安かった。入園料二百円。

今日は、銀座なのにもっと安い。〇円。

火曜日に青葉からＬＩＮＥがきた。

〈柏木くん、明日お休みでしょ？〉

〈そう。定休日〉

〈わたしも午後二時半で授業は終わり。晴れそうだから、どこか行かない？〉

〈いいけど。どこに行く？〉

銀座に行くことになった。新宿や渋谷《しぶや》はちょっと遠いから銀座。青葉曰《いわ》く、よく考えたらきちんと行ったことがないから銀座。異論はなかった。行くだけ。行って散歩をするだけ。歩くのはただだ。

日比谷《ひびや》線の銀座駅、そのホーム中程の階段を上がったとこにある改札で待ち合わせた。構内図で調べ、僕が決めた。小さな改札で、そこならわかりやすそうな気がしたからだ。

青葉と僕は日比谷線の同じ電車に乗っていたらしく、改札への到着もほぼ同時になった。午後四時五分前あたりだ。

「急に呼び出してごめんね」と青葉が言い、

「いいよ。暇だから」と僕が言う。

「暇ではないでしょ。調理師試験のための勉強をしなきゃ」

「まあ、そうだけど。で、どうする？」

「適当に歩こう。いい？　それで」

「うん」

ということで、話をしながら適当に歩いた。

きちんと区画整理されているので、銀座は歩きやすい。道自体がまっすぐ。狭い道はたいてい一方通行で、広い道には歩道がある。歩行者に優しい。

「でも車で来たら大変そう」と青葉が言う。

「確かに。道をまちがえそうだね」

「柏木くんは、免許とらないの？」

「しばらくは無理だよ。時間よりはまずお金の面で余裕がない」

「わたしはもう持ってるけど、東京で車に乗る気にはならないなぁ。乗りこなせる自信がないよ」

「一年のときにとったんだっけ。免許」

「そう。学年が上がると実習とかで大変だから早めにとっちゃいなさいってお母さんに言われて。お金も出してくれた。お母さんがというよりは、お父さんが出してくれたのかな」

お父さん。正しく書けば、お義父《とう》さん。でも青葉の言い方に引っかかりはない。ごく普通のお父さんに聞こえる。

「大学に入って、すぐに教習所にも入った。ほら、一年生のときなんで、南大沢キャンパスだったでしょ？ そこには一年しかいないから、何が何でもとらなきゃって、もう必死。でも半年はかかったかな。夏休みをつかってどうにかって感じ」

「乗ってる？ 車」

「全然。乗る機会がないし」

「カーシェアリングを利用したりは？」

「しない。東京だと、やっぱりこわい」

僕らは本当にただ歩く。銀座一丁目から四丁目のあいだを行ったり来たりする。四丁目まで行ったら通りを替えてまた一丁目へ。で、また四丁目へ。地下に鶏蘭が入っているビルの前も通る。鶏蘭のことを青葉に話そうかと思ったが、やめた。父親が昔勤めてた店のオーナーだった人がやっている店。何だかややこしい。

でも地下へとのびる階段に僕が目を向けたまさにそのとき、青葉が言う。

「免許、いつかはとる？」

「え？」

「お父さんのことがあるから、もしかしたらとる気にならなかったりするのかなって」

「あぁ」

みんなそう思うのだな、と思う。いや、みんなではなく、青葉だから思うのか。

「免許をとらないと決めたりは、してないよ。調理師になって東京で働くならいらないだろうけど。いや、どうだろう。自分たちで食材の仕入れもするような店に勤めるなら、なきゃ困るのかな」

「とりたくないことはない？」

「うーん。半々。いや、四六か」

「どっちが四？」

「とりたくないほう。前は逆だったよ。とりたくないほうが六。いや、もっとか。七、か八」

「じゃあ、今はそのときの半分だ」

「仕事で必要ならとろうとは思うよ。その前に、調理師になれるのかって話だけどね」

「なれるよ。柏木くんがなれないわけない」

「自分でなれると思ったから、なろうとしてるわけでしょ？　だったらなれる」

「なれると思ったかなぁ、自分で」

「思ってよ」と青葉が笑う。

その言葉に僕も笑う。思いたい。思わなきゃいけない。僕は調理師になれる。

「わたしもさ、来週から臨地実習」

「実習か。お母さんが言ってたそれ？」

「そう。実際に病院に行って、患者さんとも接する」

「大変だね」

「でも看護師になったら毎日だし。それで忙しくなるから、じゃあ、その前に柏木くんと会っておこうと思ったの。気合を入れるために」

「おれと会って、気合、入る？」

「入るよ。同い歳なのにもう社会に出てる人。会えば気合は入る」

「ただのアルバイトだけど」

「それは関係ないよ」

「社会に出てるというか、出されちゃった感じでもあるし」

「それも関係ない。あ、ここ、ちょっと入ってみようよ」

「どうして？」

そう言って、青葉が細いわき道に入っていく。

細いことは細いが、そこは銀座、路地という感じでもない。整然としている。

「こんなとこに神社があるよ」と青葉が声を上げる。

本当に、ある。ビルとビルのあいだの狭いスペース。そこに小さな鳥居と小さな社殿がある。

津田沼のあの神社も敷地は狭かったが、その比ではない。極狭。鳥居も社殿もコンパクト。すき間にはめ込まれている感じだ。あまり神社っぽくないのは、色が赤くないからか。肌色に近い、木そのものの色。かなり新しい。でもれっきとした神社だ。鳥居のところに、幸稲荷神社と書かれてる。社殿と一体化した金属製の賽銭《さいせん》箱もある。

「ねぇ、お参りしようよ」と言う青葉の体はすでに社殿に向いている。

僕も並んで立つ。

「二礼二拍手一礼、だっけ」と訊かれ、

「たぶん」と答える。

青葉がお賽銭を入れ、二度深くおじぎをする。次いで二度拍手。もう一度おじぎ。

僕もまねする。財布にちょうど五円玉があったので、お賽銭箱に入れ、二礼、二拍手、一礼。

僕が終えるのを待って、青葉が言う。

「初めてお賽銭で百円入れた。これまでは五円か十円だったのに。贅沢。どうか神様がわたしのためにがんばってくれますようにってお願いしたよ。せめて百円分はがんばってくれますようにって」

「神様ががんばってくれますようにって、神様にお願いしたの？」

「うん。あとは、実習がうまくいきますようにって。柏木くんのこともお願いしといたよ。調理師試験に受かりますようにって」

「ありがたいけど。お願い、多くない？」

「銀座にはあんまり来ないから、欲ばった」

「お願いごと、言っちゃっていいの？」

「ダメなんだっけ」

「わかんないけど」

「柏木くんは？　何をお願いした？」

「いいことがありますように。というか、もういやなことがありませんようにって。五円しか入れなかった。足りないかな」

「だいじょうぶ。銀座の神様だもん。太っ腹だと思うよ」

二人、神社をあとにし、今度は並木《なみき》通りを歩く。

「ねぇ、わたしちょっと歩きスマホするから、周りの迷惑にならないよう誘導して」

「うん」

　青葉は実際にスマホで何やら検索する。言う。

「あの神社、サイワイイナリ神社だって。ご利益は、商売繁盛、家内安全、縁結び。お願いしたこと、合ってたかな」

「だいたい合ってるんじゃないかな。実習も調理師試験も、商売繁盛の一環だと思えなくもないし」

「柏木くんが言った、いやなことがありませんように、は家内安全だもんね。じゃあ、オッケー。歩きスマホ、終了」

　そして僕らは晴海《はるみ》通りへとぶつかる。五丁目に渡ろうか迷い、数寄屋橋《すきやばし》交差点のほうへ向かうことにする。

　並木通りを渡るべく、歩行者用信号が青に変わるのを待つ。

　向こう側には、待っている人が一人。三十代ぐらい。半袖シャツにネクタイの男性だ。小太り。ハンカチで額《ひたい》の汗を拭《ぬぐ》っている。

「信号」と隣の青葉が言う。

「ん？」

「待てるなら待てばいいじゃないって思う」

　高瀬涼のことを言ったのだと気づく。信号を待ってる人がいても、高瀬涼はそちらに向かって歩いていく。それについて言ったのだ。

「あぁ。うん」

「わたしは、そんな余裕がある人になりたい。高瀬くんは、それを余裕とは言わないだろうけど」

信号が青に変わる。二人で歩きだす。男性とすれちがう。声までは聞こえないが、口の動きで、あちあちあちあちあち、と言っているのがわかる。梅雨の晴れ間。確かに暑い。もう夏はすぐそこだ。

数寄屋橋交差点を右に曲がる。そのまま外堀《そとぼり》通りを東京方面に歩く。

横に並ぶ青葉を見て、ちょっと笑う。

「何？」と言われる。

「いや、何ていうか、ほんとに歩くんだなと思って」

「歩くって言ったんだから歩くよ。おかしい？」

「おかしくはないけど。女子ならもっと店に入ったりするのかと」

「お店に入ったら、あれもこれもほしくなっちゃうから」

「だから歩くの？」

「そういうわけでもない。好きなの、歩くのが。東京を歩くのが好きって言うべきかな。街ごとに風景が変わって、楽しいじゃない。鳥取じゃこうはいかないよ」

「それは、そうだね」

鳥取に限らない。地方都市はどこもそうだろう。栄えてるのは駅前だけ。そしてその駅前の範囲は狭い。

「ねぇ」

「ん？」

「また飲まない？」

「うん。飲もう」

「今日はわたしがおごる」

「え？　何で？」

「三月の誕生日におごってもらったから、お返し。柏木くんの誕生日、もうすぐでしょ？」

「すぐだけど。銀座だと、高くない？」

「だいじょうぶ。ちゃんと調べたの。安いお店もある。また焼鳥屋さん。串一本百円とか、そんな」

「調べたの？」

「調べた。確信犯」

「確信犯て」

「あ、ねえ、知ってる？　確信犯て、ほんとは、本人が悪いことじゃないと確信して犯罪をすること、なんだって」

「そうなんだ？」

「そう。悪いとわかっててそれをすること、ではないの。今はわたしもその意味でつかったけど」

「そのつかい方は、まちがいなの？」

「そうでもない。今はほとんどの人がその意味でつかってるからもはや誤用とは言えない、ということみたい」

「へぇ」

「勉強になった？」

「なった」

「調理師試験には、たぶん、出ないけどね。じゃあ、授業はここまで。あとはお酒。って、まだ早いか」

　午後五時前。さすがに早い。

　ということで、もう少し歩く。東京高速道路の手前で右に曲がり、その高架沿いにしばらく進んで、また右へ。

　初めに歩いた中央通りを、今度は逆向きに歩く。

「焼鳥屋って言ったよね？」と青葉に言う。

「うん」

「この前も焼鳥。好きなの？　焼鳥」

「好き。肉のなかではカロリーも低めだし。いつか高い焼鳥も食べてみたい。何十年も継ぎ足したタレとかで」

「継ぎ足しのタレか。そういうのは汚くね？　って言った友だちがいたよ」

剣だ。

「初めて聞いたときはわたしもそう思った。衛生的にだいじょうぶなの？　って。でもダメならそんなことしてるはずないし。今のお父さんと初めて顔を合わせたときにね、うなぎ屋さんで高いうなぎを食べたの。そのタレが三十年継ぎ足しとかそういうのらしくて、すごくおいしかった。だから、そんな焼鳥も食べてみたい」

何となく、うれしい。鶏と青葉が近いことがうれしいのだと思う。鶏取や鶏蘭との縁を感じる。

お客として鶏蘭を訪ねる青葉と自分を想像する。僕らは寛いで鶏料理を食べるだろう。何を食べてもおいしいと感じるだろう。山城時子さんが僕らの前で店員を叱る、なんてこともないはずだ。

そして銀座四丁目。僕らは山野《やまの》楽器の前に差しかかる。

「あ、ＣＤ屋さん」と青葉。「ちょっと見ていい?」

「うん」

店に入る。最近は見かけなくなったＣＤ屋。そのなかでは規模が大きい。

一階邦楽フロアをひととおり見たところで、青葉が言う。

「ここ、楽器もあるんだね」

「名前からして、もともと楽器屋なんだろうからね」

「四階がギターとかだって。行ってみようよ」

エスカレーターで四階へ上る。

そこは確かにギターフロアだ。もちろん、ベースも置かれている。

大学でバンドをやってたときも、ここへは来たことがなかった。大学に近い御茶ノ水《おちゃのみず》に楽器街があったからだ。

「へぇ。銀座にもこんなとこがあるんだ」と青葉が言い、

「街に一つはあってくれないとね」と僕が言う。

「わたしはよくわからないけど、ベースもあるんだよね?」

「あるよ。そっちの、ちょっと首が長いのがベース」

「ほんとだ。首、長い。何で長いの?」

「低音を出すため、なのかな」

「長いと低音が出るの？」

「たぶん。ネックが長いだけじゃなくて、弦も太いよ」

「すごくうまかったよね、柏木くん」

「そんなにうまくはなかったよ」

「高校ではみんな言ってたよ。ベースは柏木くんが一番だって」

「ベーシスト自体、学年で三人しかいなかったからね。そのうちの一人は、文化祭に出るために三年から始めたし」

「でも一番は一番。こういうとこって、試奏とかできるんでしょ？　弾いてみてよ」

「いや、いいよ」

「聴きたい」

「しばらくやってないし」

「すぐにできなくなるものでもないでしょ。自転車だって、しばらく乗ってなくても乗れるじゃない」

「自転車はそうだけど」

「お願い」

そこへ、間の悪いことに男性店員がやってきた。

青葉が声をかける。

「すいません。試奏、できますか?」

「できますよ。どれにしましょう」

「どれにする?」と青葉に訊かれる。

「ほんとに?」

「ほんとに。聴かせてよ」

ならせめて弾き慣れたものを、とアイバニーズのベースを選ぶ。準弥くんにあげたそれとはちがうモデル。でもボディのシェイプやネックの握り具合にはメーカーごとの特色が出る。

丸イスに座る。店員がシールドをアンプにつないでくれる。自分でスイッチを入れ、ゆっくりとヴォリュームを上げる。

まずはペグをまわしてチューニング。四弦のE音から。自分の音感頼みだが、外れてはいないだろう。で、四弦が決まれば、あとは流れでいける。三弦はA音。二弦はD音。一弦はG音。

店員が近くにいると緊張する。こいつの実力はどの程度かと品定めされそうで落ちつかない。その感じがなつかしい。

弾く。自分がつくったフレーズの数々を。思いだした順に。

アンプを通したのは本当に久しぶり。ややノイズが出る。弾かない弦を軽く押さえるミュートが甘くなっているからだ。そこに気をつけて、さらに弾く。実際にノイズが聞こえれば、自然と気をつけるようにはなる。このミュートについても、機会があれば準弥くんに伝えておいたほうがいいかもな、と思う。

　立ったままじっと見ている青葉に言う。

「ベースの独奏じゃ、わけわかんないでしょ?」

「わかんないけど、聴ける。聴いてられる。うまいからだね」

「いや。人間の耳は音楽を追うようにできてるからだと思うよ」

　準弥くんも知ってたエバーグリーン・バンブーズの『エバーグリーン・バンブー』を弾く。

「あ、それ知ってる。バンブーズ。文化祭でやってた」

「よく覚えてるね」

「そりゃ覚えてるよ。すごいなぁって思ったもん」

「声援もくれたしね」

「そうだった?」

「うん。フルネームでくれた。ほかの子たちと一緒に。柏木聖輔～って。ステージで笑ったよ。うれしかった」

「わたしたちのクラスから出たのは柏木くんだけだもんね。応援する側もがんばるよ」

『エバーグリーン・バンブー』から再びオリジナルフレーズへ。

思いだせたものはすべて弾いた。弾きまくった。自分のアパートで弾き納めをしたときはアンプを通さなかった。だからこれが本当の弾き納めだ。結果、青葉がいるというのに二十分も弾いてしまった。

「おしまい」と言って、ベース本体とアンプのヴォリュームを下げる。「待たせたね。おかげで楽しめた」

「ねぇ、柏木くん。わたし思うんだけど」

「うん」

「何もかもあきらめなくても、いいんじゃない?」

丸イスに座ったまま、青葉を見る。見上げる。

青葉も僕を見ている。見下ろしている。でも不思議と見下ろされている感じはない。まるでない。

思う。

あぁ。僕はこの人が好きなんだな。

夏

夏も夏。真夏。連日の三十度超。日によっては三十五度。

それでも揚げたてのコロッケはうまいと僕は思う。気温が高いのと食べものの温度が高いのはまた別の話だ。体の外と体のなかはちがう。暑さと熱さはちがうのだ。

おかずの田野倉に勤めて十ヵ月。さすがに食べ飽きるだろうと思ったが、コロッケには飽きない。十ヵ月飽きなかったのならもうこの先も飽きないだろうと思っている。督次さんが言うように、コロッケはうまい。督次さんが揚げても僕が揚げてもうまい。つまり、コロッケがうまい。

ただ、それはあくまでも僕の意見。コロッケがうまいのは万人の共通した意見だろうが、真夏でもコロッケを食べるべし、という意見に賛同してくれる人は少ない。

実際、真夏に食べ歩きをする人は減る。暑さと熱さの組み合わせが悪いのではなく、単に暑さが悪いのかもしれない。炎天下、二十分も三十分も歩くのは確かにキツい。よくわかる。軒先で売る側もキツいから。

特に午後一時から三時ごろまでは、目に見えて通行人が減る。商店街をただぶらぶらしてるような人、の姿はあまり見られなくなる。明確な目的を持って歩いてる人ばかりになる、という感じ。

そして午後二時すぎ。その明確な目的を持った人がおかずの田野倉にやってくる。顔なじみは顔なじみ。でも常連のお客さんではない。基志さんだ。

「おぉ、いたいた」

顔を見る前にその声でわかった。声というよりは口調か。

「いなかったらアパートに行こうと思ってたよ」

行くとしても、連絡はしないつもりでいたのだろう。連絡したら、訪問を拒否される可能性がある。

いらっしゃいませの代わりに言う。

「こんにちは」

「暑いね」

「はい」

「揚げものなんて売れんの？」

「そこそこは」

「暑くても、ものを食わないやつはいないか」

「はい」

「冷やしコロッケとか売れば？」

「買いますか？　それ」

「買わない」

「じゃあ、売らないですよ」

「さすがにおれも、今日はコロッケはいいわ。冷たい感じのものはないよね？」

「ポテトサラダならありますよ。冷たくはないですけど」

「それもいいわ。ここで立ち食いすんのも何だし」

「もっと先に行けば、ソフトクリームなんかを売ってるお店もありますよ」

「いい。何かを食いに来たわけじゃないから」

では何なのか。予想はつく。

そしてその予想は当たる。

「あと十万、どうにかなんない？」

「なりません」と即答する。

「いや、なるでしょ」と基志さんもすぐに返してくる。「百万は入ったんだから」

「こないだのあれで終わりだって言ったじゃないですか」

「それはおれが言ったんじゃない。聖輔くんが言ったんだよ、勝手に」

「勝手にって」

「初めは三十って言ってたんだから、あと十もらっても二十だよ。それでも十万負けてる」

「三十っていうのは、基志さんが勝手に言ったんじゃないですか」

「前にも言ったよね？　まずおれが思ったのは五十だよ。それを負けて三十にしたんだ。忘れるなよ」

「ムチャクチャですよ、そんなの」

「ムチャクチャか。身内によく言えんな。葬儀を手伝った身内によ」

「だからそのお礼がこないだのあれですよ」

「だからそのお礼が安すぎるって言ってんの」

「僕は、そうは思わないです」

「でもおれが思うんだな」

視線を胸から上げ、基志さんの顔を見る。基志さんは初めからずっと僕の顔を見ている。出方をうかがっている。

「何も買わないなら、ここに来るのもやめてくださいよ」

「それも身内に言うことかよ」

「身内」とその言葉を復唱する。「僕を身内だと、本当に思ってます？」

「思ってるからいろいろ手伝ってやったんだろうよ」

「五十万円のためにじゃないんですか？」

貸したお金のために、ではない。五十万円のために、と言った。意図が伝わったかはわからない。伝わったとしても、こたえはしないだろう。

「正直に言うとさ、おれもちょっと困っちゃってんのよ。こっちで仕事が見つかんないから」

「真剣に探せば見つかりますよ。飲食店なんかは、どこも人手が足りなくて困ってるはずだし」

「何でもいいってわけにはいかないだろ。人を軽く見んなよ」

この人には何を言っても伝わらない。はっきりとそう思う。

「鳥取に帰ることは、考えないんですか？」

「前の仕事はやめちゃったからな」

「ほかの仕事だって、たぶん、ありますよ。家賃はこっちより安いし」

「何だよ。ずいぶん偉そうなこと言うんだな。葬儀のときは泣きついてきたのに」

泣きついてはいないと思う。身内だから連絡した。母の死を伝えた。基志さんが自ら乗りだしてきただけだ。まあ、そうしてくれてたすかったが。

そこへお客さんが一人やってきた。七十代後半ぐらいのおばあちゃん。名前までは知らないが、よく見る顔だ。

「ロースカツ二つとおからコロッケとポテトサラダね」

「はい。ありがとうございます」と応じ、尋ねる。「おからコロッケはお一つですか?」

「あ、二つ」

「ポテトサラダはお一つで」

「うん。分けるから」

フードパックにカツとコロッケを詰める。一つずつの組み合わせで、二パックにする。そんなふうにしてほしいと前に言われたことがあるのだ。フードパックをお皿代わりにしてそのまま食べるのだと思う。ご家族の誰かと二人で。だから今もそうした。

お金を頂き、お釣りを返す。ポテトサラダと併せて三つのパックを入れた白いレジ袋を渡す。

「暑いので、なるべく早く召し上がってください」

「そうするよ」

「ありがとうございました」

「お世話さん」

おばあちゃんは去っていく。暑いなか買いに来てくれるのだから、本当にありがたい。

四時を過ぎれば少しは涼しくなる。その代わり、人出は多くなる。人混みと暑さで、暑さのほうを選んだのだろう。

やりとりがすむのをおとなしく待っていた基志さんが言う。

「ばあさんもロースカツを食うんだな」

「そういうのはやめてくださいよ」

「お客さまの味方ってわけだ」

「当たり前ですよ」

「じゃ、身内の味方もしてくれよ」

ふりだしに戻った。

「何でもいいからさ、ほら、十万ちょうだいよ。キャッシュカードを渡してくれれば、おれが郵便局で下ろしてくるから」

「無理ですよ」

「だいじょうぶ。十万しか下ろさないよ。カードもちゃんと返しにくる」

「そういう問題じゃないですよ」

「じゃ、どういう問題だよ」少し間を置いて、基志さんは言う。「今は黙ってたけどさ、次は黙ってられるかわかんないよ。またばあさんが来たら、いい歳してロースカツなんか食ってると腹こわすよ、とか言っちゃうかもしれない」

驚いた。完全に一線を越えた。前回からすでに越えていたが、よりわかりやすく越えた。これはもうはっきりとした脅迫。営業妨害以外の何ものでもない。

身内。残念だ。でも戦わなきゃいけない。これからの自分のためにも、言うべきことは言わなきゃいけない。

と思ったら、ほかの人が言った。

「聖輔にたからないでくださいよ」

映樹さんだ。サッと僕の横に来る。話を聞いていたらしい。というより、僕の背後にいた映樹さんにも聞こえるように基志さんが話していたのかもしれない。つまり、手軽ないやがらせとして。

基志さんは黙っている。少し驚いている。思惑が外れたということだろう。映樹さんを見て、それから僕を見る。

映樹さんが続ける。

「前に来たときも、こんな用だったんですね。何か変だなぁ、とは思ってました」

「なあ」と基志さん。

「はい」と映樹さん。

「おれ、客だけど」

「前回はそうでした。今回は、何も買ってないですよね?」

「じゃ、買うよ。これから」

「いや、いいですよ」

「何だよ。売らないつもりか？」

「売りますけど、それで何かが変わることはないです。ありがとうございましたは言いますよ、買ってくれたことに対して。でも、だから聖輔にたかるのはオッケー、とはならないです」

「それが客への態度かよ」

「これまでずっと、そうやってきたんですか？」

「あ？」

「客だから偉いって」

「何なんだよ、お前」

「聖輔の先輩ですよ。ダメな先輩です。聖輔がこの店にいるから、おれは手を抜けるんですよ」

「は？」

「聖輔がいるから、おれが楽できるんですよ。楽をしたいんですよ、おれは。楽をするためなら、このぐらいのことはしますよ」

基志さんはぽかんとする。

映樹さんの隣で、僕もする。

「聖輔はウチの従業員ですよ。その従業員が理不尽なことをされたら、相手がお客さんでも許さないですよ。あなたはこれからもずっと偉そうなお客をやっていけばいい。おれはこれからもずっとこうやっていきますよ」

「偉そうなのはどっちだよ。たかが惣菜屋だろうがよ」

「あなたも、たかが惣菜屋のお客ですよ。今日はそのお客にすらなってない。今からお客になって、コロッケに口をつけたうえでマズいからって返品してもいいですよ。お金は返します。あなたみたいなお客にでも、そのくらいの対応はしますよ」

基志さんと映樹さんが睨《にら》み合う。

正確には、睨んでいるのは基志さんだけ。映樹さんは基志さんをただ見ている。声にも感情を込めなかったように、顔にも感情を出さない。

基志さんが僕を見る。次いで映樹さんを見る。チッと舌打ちする。例によって、相手に聞かせるための舌打ちだ。

映樹さんは動じない。僕は密かに動じるが、そうは見せない。そこは映樹さんをまねる。

「あーあ。くだらね」

そう言って、基志さんが歩きだす。

「何度来ても同じですよ」と映樹さんが声をかける。「聖輔はたからられませんし、おれらもたからせません」

基志さんは足を止めない。チラッとこちらを見るだけ。そのまま歩いていく。去っていく。

僕は商品陳列台の横をまわって外に出る。道路に立ち、基志さんの後ろ姿を見送る。

気分は悪くないが、よくもない。六千五百円なら渡してもよかったな、と思う。池袋から鳥取まで。夜行バスの料金だ。飛行機代や新幹線代は出せないが、そのくらいなら出せる。追いかけていって、出せますよ、と言ったりはしないが。

基志さんの後ろ姿が小さくなっていく。早足ではないから、少しずつだ。

その基志さんとすれちがい、一組の親子がゆっくりとこちらへ歩いてくる。手をつないだ母と子。子が、商店街の道路に立ち尽くす僕に、つないでないほうの手を振ってくれる。

ちなつちゃんだ。リカーショップコボリの。

すごい。まだ距離があるのに、まだ四歳になったばかりなのに、僕を僕とわかってくれる。調理白衣を着てるからだろう。だからほかの通行人と見分けがつくのだろう。だとしても、うれしい。僕をこの商店街の人と認めてくれたみたいで。

「ヤベっ。見てました?」と横から声が聞こえる。横。店からだ。

声を発したのは映樹さん。やや奥に督次さんがいる。

「見てた」とその督次さんが言う。「というか、聞いてた」

「どっからですか?」

「全部。映樹が出てったとこから」

「あら」

そしておかずの田野倉に天使が到着する。天使とそのお母さん。ちなつちゃんとちさとさん。

「ちなつちゃん、こんにちは」とあいさつする。

「コロッケ」とちなつちゃんは返してくれる。

「こんにちはでしょ」とちさとさんが笑う。

四歳児の口から出るコロッケという言葉はいい。ミッキー、や、ポケモン、のように愛らしく響く。

僕は商品陳列台の内側に戻る。

「今日はどうしますか?」とちさとさんに尋ねる。

「うーん。ヒレカツ二つとチキンカツ一つ、あとコロッケを二つとカニクリームコロッケを一つ。マカロニサラダも一つ。以上でお願いします」

「はい。ヒレカツ二つにチキンカツ一つ、コロッケ二つにカニクリーム一つ、マカロニサラダが一つ。ありがとうございます」

揚げものをフードパックに詰める。先のおばあちゃんとちがい、こちらが詰めやすいように詰める。小堀家の人たちは、たぶん、お皿に載せて食べる。

「カニクリームはちなつのご指名。これ好きって言うから」

「そうですか。うれしいな」

「ね？　ちなつ、カニクリームコロッケ、好きだよね？」

「好き。カニクリーム」

四歳児の口から出るカニクリームもいい。カニ、もいいし、クリーム、もいい。

揚げものは子どもになるべく食べさせないという親もいる。わからなくはない。でもたまには許してほしい。たまに食べるカニクリームコロッケは、本当においしいのだ。人間はものを食べなければならない。ならば食べることを楽しみたい。おいしいものを食べたい。食べさせたい。

ちさとさんとちなつちゃんが帰ると、督次さんに呼ばれた。映樹さんと二人、厨房の奥にだ。今日は一美さんが休みなので、軒先には詩子さんが立ってくれた。

督次さんが口を開く前に映樹さんが言う。

「すいません。勝手なことしちゃいました。ちょっとムカついたんで」

「お客さんに対してムカつくって言うのはよせ。何も買わないとしても、足を止めてくれた以上、その人はお客さんだ」

「はい」と映樹さんが言い、
僕もうなずく。

「でも、よくやった」

「え？」

「おれもちょっとムカついた。で、あの人は誰なんだ？　聖輔」

事情を説明した。

前に話した、母の葬儀や遺品整理を手伝ってくれた遠い親戚であること。実はそのあとに五十万円を母に貸してたと言われたこと。そのお金を渡したこと。その後いきなりアパートに来られて三十万円ほしいと言われたこと。店にも一度来られ、十万円を渡したこと。その際にこれで終わりにしてほしいと告げたこと。でも終わらず、今また来店したこと。

簡単に説明するつもりが、思いのほか長くなった。言うならすべてを言いたかったからだ。

「そうか」と督次さんは言った。「そういうことは、もっと早く言っとけ」

「すいません」

「五十万と十万。六十万か。ひどいな」

「でも五十万円のほうは、僕がそう思っただけで、母が借りてないっていう証拠はないです」

「借りてない証拠なんて、普通、ないだろ」とこれは映樹さん。

「実際、借りてはいないんだろうな」と督次さん。「だとしても、その金は取り戻せないな」

「あ、それはいいです」とあわてて言う。「取り戻すとか、そんなつもりはまったくないので」

「何でないんだよ」と映樹さん。「お前、金とられてんだぞ」

「とられたのかどうか、はっきりわからないですし」

何故か基志さんの擁護《ようご》にまわってしまう。身内だから、なのか。そうではないと思う。僕は受け入れたのだ。一人で生きていくために、大学の学費以上に高い授業料を払ったことを。

督次さんがきっぱり言う。

「でもここまでだ。これ以上のことを聖輔がしてやる必要はない。もしまたあの人が店に来たら、そのときはおれに言え」

「もう来ないと思います。たぶん、そんなに強い人ではないので」

本当にそう思う。弱い僕にだから、強かったのだ。

「ここにじゃなくアパートに来たとしても、言えよ。すぐに電話してこい。他人が絡んだほうがいい場合もあるから」

「はい。ありがとうございます」

「そんなことで礼を言わなくていい。聖輔は人に頼ることを覚えろ」

川岸清澄の母いよ子さんにも似たようなことを言われた。頼っていいと言ってる人に頼るのも大事だと。

「でも、雇ってもらっただけで充分頼ってますし」

「そんなふうには考えるな。おれは雇用契約を結んでお前をつかってるだけだ。何か施《ほどこ》してるわけじゃない」そして督次さんは言う。「以上。話は終わりだ。もういいぞ」

「はい」と返事をして、僕は詩子さんのもとへ向かう。

「チキンカツ、あといくつ揚げます？」

「二十だな」

「多くないですか？　残っても、今日は一美さん、いないですよ」

「じゃあ、十五」

「十七でどうですか？」

「いいよ。そうしよう」

映樹さんと督次さんのそんなやりとりが背後から聞こえてくる。

僕は詩子さんに言う。

「ありがとうございました。代わります」

初めて高瀬涼からLINEがきた。IDを教えてたこと自体を忘れていたので、驚いた。

〈用があって明日そっちに行くから、会えないかな？〉

唐突な誘いだった。午後九時の連絡で、明日。

でも翌日は早番。だからこう返した。

〈五時までは仕事なので、そのあとならだいじょうぶです〉

〈じゃあ、五時半に会おう。場所は柏木くんが決めて〉

仕事が五時までで会うのが五時半となると、場所は限られる。商店街にあるチェーン店のカフェにした。そこなら午後八時までやっている。

で、翌日。僕は五時二十分にそのカフェに着いた。

迷ったが、禁煙席を選んだ。待ち合わせなので、と店員に言い、四人掛けのテーブル席をつかわせてもらった。

頼んだのはブレンドコーヒー。四百二十円は痛いな、と思った。日々の一食、いや、二食分だ。二杯めは半額になるようだが、そそられなかった。この僕が二杯め。頼むわけない。

　高瀬涼は五時三十五分に来た。僕が出入口に目を向けてたためか、すぐに気づいてくれた。

　一度しか会ってないが、僕も一目でわかった。顔でというよりは、全体の感じで。つまり背の高さで。

「どうも」と言って、高瀬涼は僕の向かいに座った。

「禁煙席でいいですか?」と訊いてみる。

「うん。タバコは吸わないよ。吸う意味がわからない」

　高瀬涼は一歳上だから、一応、敬語をつかう。もう学生ではないのに、先輩という気がしてしまう。

　メニューを見て、高瀬涼が男性店員に注文する。

「この抹茶カフェオレというのを」

「ホットでよろしいですか?」

「アイスもあるんですか?」

「ございます」

「じゃあ、えーと。まあ、ホットで」

「はい。抹茶カフェオレのホットをお一つ。お待ちください」

いわゆるアレンジコーヒー。五百八十円。その値段はともかく。メニューの写真から判断して、甘い。高瀬涼がその手の飲みものを頼んだことを、やや意外に思う。

僕のそんな思いを察したか、高瀬涼が言う。

「抹茶が好きなんだよ。京都宇治《うじ》抹茶ね。母親が好きで、京都から取り寄せてる。おれも京大に行ってたら毎日飲んだかも」

「受けたんですか？　京大」

「受けてない。こっちに住んでるんだから、京大を受けるなら東大を受けるよ」

実際に東大を受けたのか、そこまでは訊かない。会うのは二度め。二人で話すのは初めて。それで訊くようなことでもない。京大は、流れで訊いてしまったが。

代わりにこんなことを訊く。

「こっちに用があったんですか？」

「あったけど、こっちというほど近くはないかな。青葉のキャンパスを見てきたよ、荒川の」

「あぁ」

だったら、本当に近くない。むしろ遠いと言うべきだろう。高瀬涼がこのあと武蔵小山に帰るなら、かなりのまわり道になるはずだ。まあ、高瀬涼にしてみれば、ひとくくりになるのかもしれない。東京の、どちらかと言えば東ということで。

「ついでにあらかわ遊園にも行ってきたよ。青葉はバイトがあったから、一人で」

「一人で」

「卒論を、それで書くつもりなんだ。東京の経済を遊園地に絡めて書く。だから、二十三区でただ一つの公営遊園地を見ておこうと思ってさ。見事に子どもだましで、ちょっと拍子抜けしたけど」

そして抹茶カフェオレが届けられた。店員が去るのを待って、高瀬涼が一口飲む。味の感想はなし。

僕も自分のコーヒーを一口飲む。すぐに飲みきってしまわないよう、次いでグラスの水も飲む。

「柏木くんも、あらかわ遊園に行ったんだって?」

「はい」

「青葉と」

「そうですね」

「どう思った?」

「まさに子ども向けの遊園地だなと」

「狭いよね」

「そうでしたね」

「浅草《あさくさ》の花やしきをキュッと小さくした感じかな。行ったことある？　花やしき」

「いえ、ないです」

「あそこは、大人でもそこそこ楽しめるよ。入園料も千円とるし」

そう言われても、どう言っていいかわからない。高瀬涼も、そんな話をするために僕を呼び出したわけではないだろう。

「おれの就職先は、青葉に聞いてる？」

「はい」

聞いた。この前、銀座の焼鳥屋で。

テーマパークを運営する人気企業だ。遊園地が好きだから、ということでもなく、人気企業であることと転勤がなさそうなことが志望の決め手となったらしい。

「そこに受かることを見越して卒論もそれにしたんだよ。そうすれば無駄がないし、自分のためにもなると思って。入社面接のときもそう言った。御社に入れていただくつもりで卒論のテーマはそれにしましたって」

で、実際に受かったわけだ。すごい、と認めざるを得ない。

「柏木くんは、法政でバンドをやってたんだって？」

「やってたというほどでは。同好会には入ってましたけど」

「ライヴとかやってたの？」

「その同好会のイベントで何度か。三人のインストで」

「インスト?」

「うたなしです。ヴォーカルがいなかったんで」

「カラオケの逆みたいなことか。演奏を自分たちでやるっていう」

「そう、ですね」

「ベースだっけ」

「はい」

「それもやめちゃったの?」

「やめちゃいました」

「まあ、そうか。青葉に聞いたけど、今の柏木くんの状況じゃ続けてられないもんね。無理もないと思うよ。別にあれでしょ? プロになれるとか、そういうレベルではなかったんでしょ?」

「なかったです」

「じゃあ、尚更ね。それが仕事になるならまたちがうだろうけど」

コーヒーを飲む。水も飲む。温かいものに、冷たいもの。あとに入れた冷たいものが勝つ。

「そっちはともかく、大学をやめたのはもったいなかったね。一年半は行ったわけでしよ？」

「はい。でもあと二年半は無理でした」

「何らかの奨学金を利用することは考えなかったの？」

「考えませんでした。奨学金は、結局借金ですし」

「それで大学を出たとしても、マイナススタートはキツいか」

「はい」

「でもすごいよ。尊敬するよ」

尊敬。重そうな言葉が軽めに出た。持ち上げられたのだと思う。

で、持ち上げられたあとはどうなるか。たいていの場合、落とされる。特に、何の義理もない相手からは。

「青葉とはさ、高校時代から仲がよかったの？」

「いえ、そんなには。普通に話をしてたっていうくらいです。ライヴは観に来てくれましたけど」

「ライヴ」

「文化祭の」

「あぁ。学校のか」

「はい」

「こっちに来てからは、あのとき初めて会ったんだよね？　おれと青葉がこの商店街に来た、あのとき」

「そうですね。だから、驚きました」

「青葉もそう言ってたよ。それで柏木くんがああ言ったから、気になって会うことにしたって」

「何を言いましたっけ」

「帰る場所がなくなったって」

「あぁ」

「地元の友だちにそんなことを言われたら、誰だって気になるよね」高瀬涼は抹茶カフェオレを飲んで言う。「あらかわ遊園は、楽しかった？」

「楽しかったです」

「青葉が誘ったんだよね？」

「そう、ですね」

「おれが青葉と付き合ってたことは、聞いてるよね？」

「はい」

「また付き合おうと思ってることは？」

「何となくは」

「何となくか。おれはさ、青葉と本気で付き合おうと思ってるよ。それは青葉もわかってくれてる」

コーヒーを飲む。水も飲もうとしたところで、質問がくる。

「柏木くんは青葉の友だちだよね？」

「はい」

「付き合ってるわけでも何でもないよね？」

「はい」

「だったらさ、あんまりかきまわさないでほしいんだ」

「かきまわす」

「二人で出かけたりはしないでほしいんだよ」

「あぁ」

「青葉が声をかけてる。それはわかってる。でもさ、やっぱり柏木くんにも、そうさせてる何かがあると思うんだよね」

そうさせてる何か。あるだろうか。

「こんなことを言う権利が自分にないこともわかってるよ。そこまで頭は悪くないから。でもそうとわかったうえで頼みたいんだ。かきまわさないでくれと。もちろん、友だちでいてくれるのは一向にかまわないけどね」

高瀬涼が抹茶カフェオレを飲む。カップをソーサーに置く。的《まと》を外したのか、カチャンと音が鳴る。僕のカップを見て、言う。

「コーヒー、もう一杯頼めば？　二杯めは半額って書いてあるし。ここはおれが出すよ。おれが誘ったから」

「いえ、それはいいです」

「仕事のあとに来てもらって悪いしさ」

「近くなんで、だいじょうぶです」

「この辺りって、夜は結構早いの？」

「そうですね。八時ぐらいに閉まる店が多いです」

「駅の近くじゃないもんね」

「はい」

「おれが住んでる武蔵小山にも商店街があるよ。駅の向こうだから、おれはあまり行かないけど」

「たぶん、ここはちがいますよね？」

「ちがうね。まず、アーケードがついてる。道も、もうちょっと広いかな」

行ったことはないが、想像できる。ここにくらべれば、あか抜けているのだろう。

そして話は戻る。高瀬涼がまとめに入る。

「同じ高校を卒業してどちらも東京に来た。でも連絡をとり合ったりは、してなかったわけだよね？」

「はい」

「もしあのときここで会ってなかったら、柏木くんは青葉のことを思いだしもしなかった」

「思いだすぐらいは、したと思いますけど」

「でも連絡をとろうとまでは、しなかったはずだよね？」

「まあ、そうですね」

はい、と、そうですね、をいったい何度言わされるのか。こういう人は男女どちらにもいる。すでにそうとわかっている事実を挙げて、相手に首肯させる。それは事実ですと認めさせる。

次いで、高瀬涼は思いもよらないことを言う。

「おれはたまたまちょっといい大学に行ってるけど、そんなことは何でもないと思ってるよ。だから青葉とも普通に付き合えるし、コロッケなんかも好きだよ」

高瀬涼からＬＩＮＥがきたとき以上に驚いた。素直に感心した。ちょっといい大学。何でもない。普通に付き合う。コロッケなんかも好き。

高瀬涼は今の発言に引っかかりを覚える人がいることに気づかないのだ。気づけない、と言ってもいいだろう。生まれつき高いところにいて、そこから下りたことがないから。

「でもおれが柏木くんだったら、青葉を幸せにはできないと思っちゃうだろうね」

そうつながるのか、と思った。あらためて感心した。

要するに、ランクづけがなされたわけだ。高瀬涼、井崎青葉、柏木聖輔、の順に。否定などしない。青葉はともかく、僕が高瀬涼より下なのは事実だから。

そして要するに、高瀬涼はそれを言いに来たわけだ。かなりのまわり道をして。もしかしたら、青葉のキャンパスやあらかわ遊園のほうがおまけで、目的地は初めからここだったのかもしれない。

ランクが下の僕をおそれる必要はないのではないか、と思う。そうか、とすぐに思い直す。逆だ。ランクが下だからこそ、高瀬涼は僕をおそれたのだ。格下の相手にカノジョを奪われるわけにはいかないから。

「高瀬さんがこうやって僕と会ってることを、井崎さんは知ってるんですか?」

「知らない。隠すつもりはないけど、わざわざ言ってもいないよ。昨日思いついただけだし」

「井崎さんに言わないほうがいいですか?」

「言ってもいいよ。口止めする気はない。むしろ言ってくれたほうがいいかもしれない。おれがそこまで本気だってことが青葉に伝わるだろうから。まあ、どちらでもいいよ。言っても言わなくても」

「じゃあ、言わないと思います。訊かれたら言うかもしれませんけど」

「好きにして」

「はい」

「おれが柏木くんに頼みたいのは、変にかきまわしてくれるなってことだけだから」

「そうですか」

「悪いけどさ、空気を読んでよ」

いやなところでいやな言葉が出た。空気を読む。好きになれない言葉の一つだ。僕自身はつかわない。

あいつ空気読めないよな、と誰かが言うとき、その誰かは、自分は空気が読めると思っている。実際はどうか。その件に関しては相手より多く情報を持ってるから読めてると思えるだけ、ということが多い。

人は空気なんて読めない。よく考えればわかる。そこそこ仲がいい友だちが自分をどうとらえてるかさえわからないのに、空気なんて読めるはずがないのだ。

「おれ、柏木くんには結構期待してるよ。青葉に言わせれば、他人の気持ちを汲《く》みとれる人だそうだから」

高瀬涼はテーブルの伝票を手にして席を立つ。

残りのコーヒーを一口で飲み干し、僕も続く。高瀬涼のカップに抹茶カフェオレが半分近く残っていたので油断した。出遅れた。自分で頼んだものを残すという発想がなかったのだ。でもすぐに言う。

「払いますよ」

「いいよ。割り勘とか面倒だし」

「割り勘じゃなくて、僕が全部払います」

「は？　何で？」

「ここまで来てもらったんで」

「いや、いいよ。こっちが誘ったんだから」

「いいです。一応、働いてますし」

バイトですけど、とも言いそうになったが、言わなかった。今それを言ったら、一美さんや映樹さんのことまで軽視することになる。そんな気がしたのだ。

高瀬涼はすんなり伝票を僕に渡す。

「じゃ、まかせるよ。ごちそうさま」

そして一足先に店を出た。あっさりしている。そこは長所かもしれない。

僕は二人分の飲みもの代を払った。千円ちょうど。きりがいい。一杯千円のコーヒーを飲んだと思えばいい。一杯千円。高い。

店を出ると、そこに高瀬涼の姿はなかった。いや、あったのだが、すでに後ろ姿だった。明治《めいじ》通りのほうに向かっている。都営新宿線の西大島まで歩くのかもしれない。でなければ、バスに乗るのかもしれない。

ともかく、あのごちそうさまが別れのあいさつだったことに気づく。あっさりし過ぎている。そこは短所かもしれない。

帰る方向が逆なので、僕も追いかけたりはしない。歩きだす。前方におかずの田野倉が見える。その手前で右に曲がり、わき道に入る。

午後六時半すぎ。アパートに帰って、野菜や肉を切らなければならない。豆腐を半丁ぶち込んだみそ汁をつくらなければならない。これから何日かはいつも以上に節約し、千円の出費の穴埋めをしなければならない。

「子どもができちゃったんですよ」といつもの軽い口調で映樹さんが言う。

「えっ？」とみんな驚く。ぴたりとそろいはしないが、四人がそれぞれ声を出す。出してしまう。

「医者の先生にも確定だと言われました。病院からの帰りに速攻でプロポーズしましたよ」

映樹さんの、督次さんへの婚約報告。相手は野村杏奈さん。

一応は督次さんへの報告だが、それをみんなの前でしてしまうのが映樹さんだ。四度同じことを言うのはめんどくさい、ということらしい。だからあえて営業時間中。そうでないと、みんながそろわないから。でも聞かされる側の四人はたまらない。仕事の手もつい止まる。

コロッケを揚げている僕だけは危険なので止められないが、集中をそがれた感じにはなる。結果、油も手にはねる。熱っ！　となる。

「あちらの親御さんにあいさつはしたのか？」と督次さんが尋ねる。

「しました。それも速攻で」と映樹さんが答える。「そうしたいっておれが言うまでもなく、杏奈に連れていかれましたよ。プロポーズをした次の日に」

「許可はもらったんだな？」

「はい」

「ならよかった」

「プロポーズも親へのあいさつも、速攻でするもんじゃないけどね」と一美さん。

「いや、もう、速攻も速攻でした。今日プロポーズ、明日あいさつ。あさっては、えーと、何だろう、新居探しの不動産屋めぐりかな」

「おめでとう」と詩子さん。「子どもの顔、わたしも早く見たいよ」

そして督次さんが言う。

「そんならそうと、民樹が言ってくれりゃいいのにな」

「親父は言いたがってたんですけど、督次さんにはおれが報告するからって言ったんですよ」

「そうか」

「稲見さんも我慢したんじゃない？」とこれは詩子さん。「ほんとは言いたくてウズウズしてたのに」

「かもな」

揚がったコロッケをフライヤーからトレーに移し、僕は映樹さんにこう尋ねる。

「お子さんは、いつ生まれるんですか？」

「来年の五月」と答がくる。

「男の子か女の子かは、まだわからないんですよね？」

「わかんない」

「どっちがいいですか？」

「どっちでもいいよ。どうでもいいって意味ではなくて、どっちでもいい。杏奈は男の子がいいって言うからさ、不公平になんないよう、おれは女の子がいいって言ったんだ。でもほんとにどっちでもいい。女の子なら、ちなつちゃんみたいになってほしいけど」

「男の子は母親に似るから、そっちのほうがいいかもな」と督次さん。「映樹よりは杏奈ちゃんに似てもらわないと」

「あ、ひでえ」と映樹さんが笑う。「でも同感ですよ。杏奈似になってくれるなら、おれも男の子推《お》しでいいかも」

「杏奈ちゃん、仕事はどうするの？」と詩子さんが現実的なことを尋ねる。

「体調を見て、できるとこまでやるって感じですかね。バイトだし、いずれはやめますよ。店側も、妊婦には気をつかうだろうから」

「店員が明らかに妊婦さんだとわかるようじゃキツい。と、雇う側は考えるでしょうね」とこれは一美さん。

「何にしても、めでたいな」と督次さん。

「あらためて、おめでとう」と詩子さん。

「おめでとう。パパがんばって」と一美さん。

「ありがとうございます」と僕。

「ありがとうございます」映樹さんは帽子をとって頭を下げ、こう続ける。「ヤバい。意外にも、おれ、ちょっと泣きそう」

杏奈さんの妊娠。僕までもがうれしい。身近なところで重い死が続いたからかもしれない。と、そんな理屈は抜きにしても。人が生まれるのはいい。いらっしゃいませ。そう言いたくなる。

そして似たような話がもう一つきた。似てはいるが、微妙。おめでたいとは言い難《がた》い話だ。

残暑とは言いながらもまだまだ暑い九月の半ば。剣がふらりとやってきた。僕のアパートにではない。おかずの田野倉にだ。

午後三時すぎ。暇といえば暇な時間帯。僕は軒先に立ち、フードパックと輪ゴムの補充をしていた。

そこへ声がかかった。

「お兄さん、コロッケ一つ」

「はい。ありがとうございます」言ってから気づいた。「あぁ、何だ」

熱を吸収しそうな黒のTシャツを着た剣だ。アルバムのジャケットらしきものが前面にプリントされている。誰の何というアルバムかはわからない。剣自身、知らずに着ているのだろう。そのあたりは無頓着《むとんちゃく》だから。

「久しぶりだな、聖輔」

「久しぶり」

「元気そうじゃん」

「まあ、元気だよ。コロッケ、ほんとに買う？」

「普通のでいい？　かぼちゃとかカニクリームとかもあるけど」

「普通のでいく」

「ちょうどよかった。どうせなら熱々を食べなよ。すぐ揚がるから。ちょっと待って。三分」

厨房で今揚げているのは督次さんだ。ベスト。何だかんだで、督次さんが揚げたものが一番うまいような気がする。つかう油も揚げる時間も同じなのに。

「すぐ揚がる、か。何かプロっぽいな」

「うん。ちょっとカッコをつけた」

「つけたのかよ」と剣が笑う。

自分が初めてこの店を訪ねたときのことを思いだす。あのときは、督次さんが僕に言ってくれたのだ。どうせなら熱々を食いな、と。今はそれを僕が剣に言っている。

「急に何？　どうしたの？」と訊く。

「どうしたってこともないけど。いや、ないこともないか。用はあるわ。これ」剣はパンツのポケットから取りだしたものを差しだす。「返すよ」

カギだ。僕の部屋の合カギ。

「あぁ、そうだ。最近来ないから、すっかり忘れてた」と受けとる。

「ってことは、女出入りはなしか。合カギを渡すような女はできてないってことだ」

「できてないよ。そんな余裕はない」

「余裕はなくても、それはやれよ。やろうとしなくても、普通に生きてりゃそういうことになるだろ」

「普通に生きてるだけじゃならないよ。剣だからなるんであって」

「聖輔、揚がったぞ」と厨房の督次さんから声がかかる。

「はい」と返事をする。

待って、と剣に手で合図をし、そちらへ。

揚がったコロッケを素早く銀のトレーに載せながら、督次さんが言う。

「友だちか？」

「はい。大学のときの」

「そうか。金をせびりに来たわけじゃないな？」

「だいじょうぶです。そういうんじゃないです」

言ってから思う。だいじょうぶ、だよね？　そういうんじゃないよね？　剣。

「もう休憩でいいぞ。せっかく来てくれたんだから、話でもしてこい」

「はい。ありがとうございます」

トレーを持って、商品陳列台のところへ戻る。そちらのトレーにトングで各種揚げものを移す。角度をつけて並べる。剣の側から見やすいように。少しでもおいしそうに見えるように。

「枝豆コロッケもうまいよ」と剣に言う。

「枝豆はそそるな。もらうわ」

普通のと枝豆。コロッケ二つを剣に売り、じゃ、お願いします、と督次さんに声をかけて、外に出る。そしてわき道に入り、立ち止まる。ちょうど日陰になる辺りだ。

耐油袋に入ったコロッケを、剣がさっそく食べる。まずは普通のから。

「おぉ。揚げたて。マジで熱々。ほくほくじゃん。さつまいもかよ。熱っ！　上あご、火傷。でも、うまっ！」と騒々しい。

「揚げたてに慣れちゃうとさ、冷めたのは食べられないよ」

「そうかもなぁ」

「といっても、食べるけど」

「食べんのかよ」

「冷めたコロッケはマズいって言う人がたまにいるよね。おれにはよくわかんないな。冷めてても、コロッケをマズいと思ったことがない」

「おれもそう。カリカリじゃなくなったやつも、あれはあれでいけるよな。レンジであっためたりしないで、冷たいまま食う。それも結構好き」

「わかるよ。衣がいい具合にやわらかいんだよね。角がとれるっていうか」

「そうそう。パン粉がパンに戻るのな」

「戻りはしないけど」

「同じコロッケでもさ、初めから衣がモサモサのやつもあんじゃん。粒がデカいっていうか。あれは、何がちがうわけ？」

「そのもの、パン粉だよね」

「おれはカリカリ派だけど、あれも案外多いよな。何で？」

「うーん。ああいう食感が好きな人もいるってことなのかな」

「なるほど。食感な」そして剣は言う。「聖輔もさ、コロッケ揚げたりすんの？」

「するよ。最近はまかせてもらえるようになった」

「へぇ。すげえな。お前もこんなにうまいのをつくれんのか」

「おれがすごいんじゃないよ。すごいのはコロッケ」

「は？　何それ」

「って、督次さんが言ってた」

「あの親父さん？」

「そう。そのとおりだと思うよ。すごいのはコロッケ。つくり手がやるのは、そのクオリティを保つこと」

「いやいや。クオリティを保つことがすごいんだろ」

「そこは最低限だよ」

「おぉ」と言って、剣は食べる手をとめる。コロッケを口から離す。「何だよ。お前、マジでカッコいいな」

「だからカッコをつけたんだよ」

「ほんと、ついてるよ、カッコ。おれ、お前をちょっと尊敬するわ。いや、ちょっとじゃなくて、かなりするわ」

尊敬。またその言葉が出た。前に出たのは、高瀬涼の口から。大学をやめて働いている僕を尊敬する、みたいなことだった。そのときは何とも思わなかった。今のこれは、ちょっとうれしい。いや、かなりうれしい。

普通のを食べ終え、剣が枝豆コロッケに移る。

「あぁ。こっちもうめえわ。枝豆、ゴロゴロ入ってんじゃん」

「督次さんも言ってたけど、そこは難しいんだよね」

「そこって?」

「枝豆の量。多いほうがいいっていう人もいるけど、多すぎないほうがいいっていう人もいるから」

「あぁ。レーズンパンのレーズンの量、みたいなもんか」

「そう。どっちも試してみて、今のこれに落ちついたんだ。多め。でも多すぎない。ずいぶんと試行錯誤したらしいよ」

「コロッケ一つでも、いろいろあるんだな」

「人の評価って、小さいことでも変わるからね」

「確かに」

「最近はおれもあれこれ考えてるよ、コロッケについて」

「例えば？」

「豆関係はわりと何でもいけるんじゃないかな、とか」

「豆関係」

「うん。ちょっと癖があるけど、ソラマメコロッケとかもうまそうだよね。でもコストが高くなるかな。商店街にある店でコロッケが一つ百円を超えちゃうと厳しいし」

枝豆コロッケを食べ進めながら、剣が僕を見る。自ら一歩下がり、やや遠目に見る。

「ん？」

「お前、マジですげえよ。いろんなことがすげえ。おれ、マジで尊敬するわ」

「大げさだよ」

口に入れてた分をわかりやすくゴクリと飲みこんで、剣は言う。

「こないださ」

「うん」

「妊娠したかもって言われた」

「え？」

「くるものがこないって」

「もしかして、えーと、成松可乃？」

「いや、沙乃。妹のほう」

「ほんとに？」

「ああ。こんなことでうそつかねえよ」

「高校生、だよね？」

「そう。だからすげえあせった。目の前が真っ暗になったよ。実際にはなってないんだけど、目を開けてるのに何も見てない、みたいな感じになった。目の前が真っ暗になるってのはこういうことなんだな、と思ったよ」

「で、どうしたの？」

「だいじょうぶだった。妊娠はしてなかった」

「うそだったってこと？」

「そうじゃなくて。くるもんが遅れただけ。沙乃自身、そこまでの遅れは初めてだったんだと。きたと知らされるまでの一週間ぐらいは、おれ、底も底。どん底。バイト先でも、グラス二つ、皿二枚割ったからな。文字どおり手につかなくて」

「高校生、だもんね」

「まずそれ。そのことがきっかけでバレたら逮捕とかされんのかなって思ったよ」

「され、るの？」

「真剣な交際だったと認められればされないかもしんないけど。どうやったら認めさせられんだよって話だし。真剣て何だよって話でもある。正直、おれ自身、真剣だったのかどうか、よくわかんない。と、まあ、それはいいとして。問題なのは、元カノの妹だってほう」

「あぁ」

「もうさ、マジであれこれ考えたよ。可乃とその親に殺されんじゃねえかなとか、大学やめて働かなきゃいけねえのかなとか。あとは、思いきって逃げちゃおうかなとか、逃げるなら北海道と沖縄のどっちにしようかなとか。で、くるもんがきたと聞いたときのあの安堵感。これまでの二十一年で一番だったかもしんないな。大学に受かったときとか童貞を捨てたときとか以上。プラスが生まれたときよりマイナスが消えたときのほうが人はずっとうれしいんだってわかったよ。一億円の宝くじが当たるより一億円の借金がなくなるほうが、たぶん、うれしい」

「一億円の借金をなくす方法なんて、一億円の宝くじに当たることぐらいしかないでしよ」

「まあ、そうか。結局同じことだ。でも言いたいことはわかんだろ?」

「わかるよ」

わかる。マイナスを消せたら、例えば過去に戻って父や母が亡くならないようにできたら、それは本当にうれしいと思う。五億円や十億円が当たるよりずっとうれしいだろう。

「そんでさ、うわ、よかったぁ、おれ、セーフ！　って安心したあとに、聖輔のことを考えた」

「何で、おれ?」

「お前は実際に大学をやめて働かなきゃいけなくなってるからさ」

「あぁ」

「母ちゃんがいきなり死んじゃうって、デカいよな。親父さんだって、いなかったのに」

「高校生を妊娠させちゃうのもデカいと思うけどね」

「だからさせてねえよ」と剣が笑う。

「まだ付き合ってるの?　その沙乃ちゃんとは」

「いや。別れた」

「そのことが原因?」

「でもない。単純に、おれがフラれたのかな。そこに関しちゃ、沙乃はあっさりだったよ。あ、くるものがきた。よかった。その件はこれでおしまい。そんな感じ。ほんとに妊娠してたら、大ちがいだったろうけど」

「成松可乃に、そのことを言った？」

「言ってない」

「沙乃ちゃんと付き合ったことも？」

「ああ。付き合ってたことも、くるもんがこなかったことも、そのあとに別れたことも、言ってない」

話を聞くあいだずっと思ってたことを、僕は剣に訊く。訊かなくてもいいかなぁ、とも思いつつ、おそるおそる。

「その成松可乃と今も付き合ってるわけじゃ、ないよね？」

「ないよ。おれもそこまで鬼畜じゃない。鬼畜だとしても、もうちょっとソフトな鬼畜だ。沙乃と付き合ったのも、可乃と別れてからだよ。お姉ちゃんと別れちゃったの？　みたいなＬＩＮＥがきて、何度かやりとりして、付き合った。沙乃も、お姉ちゃんには言わなくていいって言った」

何にしても、妊娠はしてなくてよかった。その感じだと、やはりおめでとうとは言いづらい。

「そういえば」と僕は剣に言う。「清澄、バンドをやめたんだって？」

「うん。こないだ新習志野の家に行ってきた。昼ご飯を食べさせてもらったよ。そのときに聞いた。剣はまだやるかもって、清澄は言ってたけど」

「おれもやめたよ」

「そうなの？」

「最近はノイズにも顔を出してない。もうこのままだろうな。三月からは就活。単位もこれ以上落とせねえし」

「三月までは、五ヵ月あるよ」

「じゃあ、ほかのことをするよ。オリジナル曲をやらないバンド活動とか元カノの妹女子高生との交際とかそういうんじゃなくて、ちょっとは身になりそうなことを」

「何かあるの？」

「ない。だから探すわ。何ならインドとか行っちゃうかな。自分探しの旅。で、成田空港に着く前、京成成田あたりで早くも見つけちゃう。気づいちゃう。いかにもなことをするのが好き。それが自分。旅、終了」

「あぁ。聞いた？」

笑う。

剣なら、京成成田までも行く必要はないと思う。本当の自分なるものが存在することを、初めから信じてないと思う。

「聖輔は、ベースうまかったよな。おれはごまかしごまかしギターを弾いてたけど、お前はちがったよ。あと、清澄もちがったな。何ていうか、ちゃんとしてた。清澄と聖輔が出すリズムはブレなかったよ。そこにおれの適当なギターが乗っちゃマズいよな」

「そんなことないでしょ。そのバランスは、よかったんじゃないかな。剣のルーズなギター、おれは好きだし」

「ルーズか。うまいことを言ってくれんな。適当じゃなくてルーズ。それだけで、何かすごいように聞こえる」

「剣もやめたんなら、ベースの石井くんはどうしたの？」

「自分でバンドをつくったよ。今年の一年を引っぱってきたみたいだな。二年のあいつがリーダーだから、バンド名はセンゴ。数字で１００５だと。誰も読めねえっつうの」

「ベーシストがリーダーか。いいね」

「結構ちゃんとやってるらしいよ。ライヴハウスに出るとか、自分たちでライヴを企画するとか。おれらもさ、やるならちゃんとやっときゃよかったな。よそからヴォーカルを引っこ抜くとか、無理にでもオリジナル曲をつくるとかして。でも、まあ、聖輔に続いて清澄もやめたことで、ふんぎりがついた。うまい二人がやめちゃってんのにおれなんかがダラダラ続けんのもどうなんだって思ったよ。だからやめた。ギターも売っ払うつもりだよ。近々、楽器屋に行ってくる」

「ならおれも、聖輔をまねて、人にあげるか。例えば近所のガキとかに。で、おれからもらったそのガキが、どこかの楽器屋に売っ払う」

僕が準弥くんにベースをあげたことは剣にも話した。部屋をつかってベースがなくなってることに気づいた剣が、どうした？　とＬＩＮＥで訊いてきたから。

「あげるなら、ギターをやりたい子にあげなよ」

「思いきって、児童福祉施設に寄付でもしちゃうか。ランドセルのタイガーマスクみたいに。匿名《とくめい》で。ロックに目覚めた子にあげてくださいって」

「それは、ほんとに悪くないね」

「今言ってみて、おれも思った。もらってくれんなら、そういうのもいいかもな。で、ついでに、付き合う相手は真剣に選びなさい、その子のことは真剣に好きになりなさい、とメッセージをつける。で、施設の職員にそのメッセージはカットされる」

またしても笑う。

剣はやはり剣だ。懲《こ》りない。いや。懲りてはいるはずだが、そうは見せない。本当の自分とかそういうものとは無関係に、ただ剣でいる。

枝豆コロッケの最後の一口を食べ、剣が耐油袋をクシャクシャッと丸める。

「もらうよ」と手を出し、受けとる。

「安いよ、買取額は」

「マジでうまかった。師匠に伝えといてな。絶品でしたって」

「伝えるよ」

伝えるが、友だちが絶品だと言ってました、とは言わない。大げさ過ぎる。督次さんもコロッケ自身も、そこまでは望まないだろう。

「悪かったな、聖輔」

「ん？　何が？」

「部屋を勝手につかったりして」

「あぁ。いいよ。勝手につかったのは一度だし」

カゼで早退した僕が成松可乃と出くわしたあのときだ。

「いや、実を言うとさ、あのあと、もう一度つかったんだ。可乃とのときのあと、沙乃と」

「ほんとに？」

「ああ。デートして、予想以上にいい感じになったから。高校生だし、ホテルよりはアパートのほうがいいだろってことで」

「妹もか」

「結果、バチが当たった。すげえのが」

「当たったね」

「言い訳はしないよ。おれは聖輔を利用した。もう大学にはいないから好都合だと思って。マジで悪かった。ごめん」

「それも、いいよ」

「いや、よくねえだろ。もうしませんて言ったあとの二度めはなしだ。おれなら怒るよ。って、おれが言っちゃダメだけど」

「それでも、いいよ」

「三度めは絶対ねえから」

「できないもんね。合カギは返してもらったし」

「そこは疑えよ。相手はおれだぞ。合カギの合カギをつくってるかもしんない」

「合カギの合カギって、つくれないんじゃなかった？」

「全部が全部つくれないわけじゃない。おれのバイトの友だちはつくったらしい。つくってもらえたらしい」

「剣は、つくったの？」

「つくってない」

「ならいいよ」

「だからそれを簡単に信じるなって。二度やったおれだぞ。下手すりゃ三度めもあるぞ」

「じゃあ、言っとくよ。三度めはしないでね。これでいい」

剣は僕の顔をまじまじと見て、ふうっと息を吐く。言う。

「お前、やっぱすげえな」

「剣は剣で、相当すごいと思うよ」

僕は僕で、剣のいい意味での適当さに感心する。その適当さも含めて、尊敬できる。

大学はやめてしまった。でも剣とは友だちでいられそうな気がする。友だちでいたい。


一年が過ぎようとしている。

母が亡くなってからということでの一年は、もう過ぎた。一周忌の法要をするどころか、墓参りもできてない。

今、僕は迷っている。遺骨を移せるなら、鳥取から都内の納骨堂に移そうかと。すでに払った永代供養料は戻ってこないとしても、そうするべきかもしれない。父も母も鳥取で亡くなった。でも二人が知り合ったのは東京。そして僕は、たぶん、この先も東京にいる。二人とも、許してくれるのではないだろうか。

一年が過ぎようとしていると僕が言ったその一年は、おかずの田野倉で働くようになってからの一年だ。

ずっと考えてきた。いや、ずっとというほどでもない。映樹さんの督次さんへの婚約報告を聞いたときから。厳密には、その少しあとからだ。

動くなら早いうちに動くべきだろう。ズルズルと長引かせてはいけない。決めるのは慎重に。でも決めたら素早く動かなければいけない。例えば、督次さんにメンチを七十円負けてもらい、その場でアルバイトに応募したあのときみたいに。あのときあんなふうに動けたから、今があるのだ。一歩ずつとはいえ、僕は前に進めている。

そんなわけで。

映樹さんが休みの日。火曜日。その午後。やっと僕が待ち望んだ状況になった。

督次さんと僕は厨房にいる。詩子さんは軒先で販売。一美さんは二階で休憩。一美さんが販売のときでもよかったが、やはりこちらにした。督次さんと詩子さん。二人に同時に聞いてほしかったのだ。

さすがに緊張した。今日言おうと決めていたので、朝から緊張しっぱなし。仕事疲れよりも緊張疲れのほうが大きい。

食べものを扱うので、基本、店で無駄話はしない。だから、ともに手が空いたすきを狙った。そのため、やけに急いだ感じになったが、それはもうしかたない。

呼吸を整えるでもなく、僕は唐突に切りだした。

「督次さん、あの」

「ん？」

大学の何かの授業で講師が言っていた。前置はなし。まず要点を言うべし。それを実践する。

「店をやめたいんですけど」

「あ？　何だよ、いきなり」

「もちろん今日明日にってことではなくて。次のアルバイトさんが見つかるまでは続けます。急に来なくなるようなことはしません。そこはちゃんとします」と一気に言う。

督次さんは驚いている。何も言わずに僕を見ている。

「すいません。せっかく雇ってもらったのに勝手なこと言って」

「何でだよ。理由は？」

「えーと、先のことを考えたら、ほかのお店、というかほかの種類の飲食店も経験しておいたほうがいいかと思って。といっても、惣菜店がいやだとか、そういうことではまったくないです。ただ、試験を受けるのに必要な二年の実務経験が合算でいいなら、幅を広げるためにも、いろいろなことを知っておくべきかと」

昨日おとといから言うことを整理していたのに、いざ口を開いたらこう。しどろもどろ。やはり僕はダメだ。あのまま大学にいても、就職の面接で失敗したかもしれない。

「そうか」と督次さんは言う。先は続かない。それだけ。

ひどく悪いことをした気分になる。悪いことというか、いやなことをした気分になる。

「すいません。散々お世話になっておいて、こんな」

「いや。世話は何もしてない。働いてくれて、こっちもたすかった」

お客さんはいないから、詩子さんも話を聞いていたのだろう。督次さん以上に驚いた顔でこちらを見ている。あれま、という感じに、左手を左頬《ほお》に当てている。六十六歳の女性にこんなことを言うのは失礼だが、こういうとこ、この人はちょっとかわいい。

自分が言うべきことは言った。あとは督次さんの言葉を待つしかない。

やっと整理できたのか、督次さんが口を開く。

「聖輔は、優しいんだな」

予想外のその言葉につい言ってしまう。

「はい？」

「おれがお前に店の話をしちゃったからなんだろ？　後を継がせるとか何とかの話を、しちゃったからなんだろ？」

「いえ、あの」

「継ぐのがいやだから逃げだす、というわけでもないよな？」

そのとおり。いやではない。逃げだすわけでもない。確かに、店を持つという欲は今のところない。でもそうなるのを避けるために店をやめるという話ではない。

「失敗したな」と督次さんは苦笑する。「言うのが早すぎた。聖輔が調理師試験に受かるのを待てばよかった。それからでも遅くなかった」

何を言えばいいかわからない。督次さんが今言ったことを肯定すればいいのか、否定すればいいのか。

「自分が引けばいい。お前、そう思ったんだろ？」

「いえ、あの」とまた同じことを言ってしまう。

「聖輔は自分のことだけ考えてればいいんだ。人のことなんか考えないで、図太くいればいいんだ。でもお前は、考えちゃうんだな」

「いえ、あの」とまた同じ。

「ほかの店を経験するってのは悪くない。ウチはただの惣菜屋だからな、お前に教えてやれることにも限度がある。細かな包丁づかいの技術とか、味付けのうまいやり方とか、そんなのは教えてやれない。おれ自身、わかんないしな。だから、お前が言うように、よその店に移るほうがいいのかもしれない。あとの一年を無駄に過ごすこともない」

「無駄なんて、そんな」

「いいな？」と督次さんが詩子さんに尋ねる。

詩子さんは頰に手を当てたままゆっくりとうなずいて、言う。

「映樹とあんたが兄弟ならいいのにねぇ」

映樹さんの名前は出さないようにするつもりでいた。それが意外な人の口から出た。督次さんでもなく、詩子さん。

出てしまったからには、僕も言う。できることなら、確認しておきたい。

「映樹さん、ですよね？」

直接的な表現を避けた結果、そんな言い方になった。でも督次さんは意味を汲みとってくれる。理解して、言ってくれる。

「そうだな」

「映樹さんも、そうしますよね？」

「してくれるだろ」

「無理にでもわたしが継がせるよ」と詩子さん。

避けてた直接表現が、あっさり出てしまった。そのことに、ちょっと笑う。安堵も混ざった笑みだ。

「最近は自覚も出てきたしな」と督次さんが言う。「杏奈ちゃんがここに謝りに来てからは、あいつ、一度も遅刻をしてない。まあ、そんなのは当たり前のことだけど」

そうですね、とも言えない。黙っている。

「あのとき、自分が謝りに来たことは映樹に言わないでほしいって、杏奈ちゃん、言っただろ？」

「はい」

「でもおれは言っちゃったんだよ、映樹に。おれが言ったことは杏奈ちゃんに言うなと口止めして」

「そうなんですか」

「ああ。映樹もそれを杏奈ちゃんに言ったのか、そこまでは知らないけどな」

どうだろう。映樹さんなら言いそうな気もするし、言わなそうな気もする。

「あいつも、さすがに感じるものがあったんだろうよ。自分の遅刻を、カノジョに謝られたんだからな」

そんなことをされたら、普通、カレシはいやだろう。余計なことすんな、と怒り、ケンカになるかもしれない。それがきっかけで別れさえするかもしれない。でも結果を見れば、結婚。

今詩子さんが立つあの軒先に立つ杏奈さん。僕もちょっと見たい。容易に想像できる。やはりかわいい六十六歳になりそうだ。詩子さんよりは、力を持つかもしれない。店主が遅刻してどうすんのよ、くらいのことは映樹さんに言うかもしれない。

督次さんはなおも言う。

「遅刻をしなくなったくらいで評価しちゃいけない。ただな」

「はい」

「あいつ、こないだ、あの人からお前を守ったろ？　聖輔はウチの従業員ですよって言って。あれは、うれしかったな」

「僕もです」とそこはすんなり言えた。「ほんと、たすけられました」

「その件はもうだいじょうぶか？　何も言ってこないか？」

「はい。アパートにも来ないし、連絡もしてこないです。もしきたとしても、はっきり断ります」

「聖輔は一人じゃないってことが、わかったのかもな」

それにはまた何も言えなくなる。また黙ってしまう。

「お前がやめるのは残念だが、しかたない。やめたあとでも、困ったことがあったら言ってこい。必ずだ。それだけは約束しろ」

本当に、何も言えなくなる。ありがとうございます、すら言えなくなる。

「おれたちには頼れ」

十七歳のときに父が亡くなり、二十歳のときに母が亡くなった。悲しいことはもうすべて起きてしまった。この先泣くことはないだろうと思っていた。

ちがった。

二十一歳で、僕は早くも泣いた。悲しくなくても、涙は出る。

結局、十月いっぱいはおかずの田野倉で働くことになった。

そのあいだに督次さんは次のアルバイト先を探し、僕は次のアルバイト先を探す。また誰か財布に五十円しかないやつが店の前で足を止めてくれるといいけどな、と督次さんは言った。正確には五十五円ですよ、ご縁は残りました、と僕は返した。僕はご縁のつもりだったが、督次さんには五円に聞こえたと思う。そう聞こえるように言ったから。

次のアルバイト先をどうするか。それは本当に迷った。

鶏蘭の山城時子さんに頼ることも考えた。やめた。今は頼らずにやりたい。鶏蘭で働くなら、調理師免許をとってからにしたい。本気で求められる人材になってから、堂々と店を訪ねたい。そう思った。いい目標ができた。そうも思った。

その目標を達成するためにも、まずは包丁の技術を身につけたい。どうせなら、和食全般。串もの、焼鳥なんかも扱えるといい。となれば、日本橋の多吉のような店にするべきかもしれない。週五のフルで働きたい。仕込みからやりたい。そういうことなら、雇ってくれる店もあるだろう。実際、募集は多い。山城さんが言っていたように、人手不足は深刻なのだ。

働けるのは、十一月一日から。急がず、じっくり決めればいい。初めて少しだけ、気持ちに余裕が出た。本当に少し。でもその少しが本当にありがたい。

そして九月の下旬。僕はいつものようにおしゃれ専科出島を訪ねた。出島滝子さんから注文が入ったので、その品を届けたのだ。ロースカツとチキンカツとハムカツとおからコロッケとポテトサラダとマカロニサラダ。それぞれ一つずつ。はがれかけた金の文字でおしゃれ専科出島と書かれたガラスのドアを引き開け、店に入っていく。

午後四時すぎ。お客さんは一人もいない。

「こんにちは。おかずの田野倉です」

「あら、聖輔くん、どうも」と滝子さんが迎えてくれる。

まずはフードパックが入った白いレジ袋を渡し、会計をすませる。滝子さんはすべての値段を知っているので、いつもぴったりの額を用意してくれる。一応、こちらも釣り銭を用意していくのだが、つかったことは一度もない。

「暇だからお茶淹れるわよ」

「ありがとうございます」

このお茶は遠慮することもあるが、今日は頂く。十月いっぱいで店をやめることを滝子さんに伝えるつもりなのだ。

滝子さんが奥でお茶を淹れてくれているあいだは手持ち無沙汰《ぶさた》になり、一人、店内に立ち尽くす。

豹柄の服を見る。胸から腹にかけてデカデカと描かれたその顔とにらめっこをする。そして同じくネコ科に属する猫そのものも見る。こちらは実物。長イスにぐで〜んと寝そべってる滝子さんの飼猫だ。

お前には興味ねえよ、といった態度をいつもとるその猫が、今日は珍しく僕を見る。何となく、寄っていく。

来んのかよ、と言いたげにこちらに向けていたその目を、猫はそらす。攻撃はされない、と判断したのだろう。

僕は長イスの前に屈《かが》む。猫を間近に見る。

「入ったわよ」と滝子さんから声がかかる。

「はい」と返す。

湯呑はレジカウンターに置かれている。いつもそこで立ち話をするのだ。滝子さんの夫、貞秋さんのことなんかを聞く。ダンナ、一人で釣りに行って川の中州《なかす》に取り残されそうになってんの、あやうくレスキュー出動よ、とか。それで懲りたのか、今度は家でプラモデルをつくるようになっちゃって、とか。

すぐには立ち上がらない。僕は屈んだまま滝子さんに尋ねる。

「今さらですけど。猫、何ていう名前ですか?」

「ぶう」

「ぶう」

「カタカナでブーだとあんまりだから、ひらがなで、ぶぅ。ぶと小さいぅかな。初めはちがったんだけどね、今は、ほら、太っちゃったから」

「太ったから名前が変わったんですか？」

「そう。見た目と名前が合ってるほうが呼びやすいのよ。聖輔くんも、今言われて思ったでしょ？　ぶぅだって」

「思いました。ぶぅ、ですね」

「こんなだから、そこに寝そべって動かないの。困っちゃう。その代わり、こうやって店に連れてきても、外に出ていく心配はないんだけど」

猫のぶぅに初めて触る。右手のひらで背中を撫《な》でる。ぶぅはいやがらない。触んのかよ、とこちらを見さえしない。

確かに、この猫なら出ていかないだろう。夜、車の前に飛び出すこともないだろう。

今度は頭を撫でる。やはりこちらを見はしないが、ぶぅは目を閉じる。で、開ける。で、また閉じる。むわぁっとあくびをする。眠いらしい。

ぶぅ。かわいい。

父が悪かったわけではない。猫が悪かったわけでもない。理屈にはなってない。でもそんなふうに思える。父のおかげで猫は死なずにすんだんじゃないか。父は猫をたすけたんじゃないか。初めて、そんなふうにも思える。

ぶぅをもう一撫でして、僕は立ち上がる。店に帰ったら手を洗わせてもらうけど、それはぶぅが汚いからじゃなくて、僕が食べものを扱うからだからね、と心のなかで言う。それが通じたのか何なのか、ぶぅがこちらを見る。知らねえよ、という感じに。

レジカウンターのところへ行き、いただきますを言って、お茶を飲む。いつものように滝子さんと話をする。

「ウチのダンナ、今日はお城をつくってるわよ」

「お城、ですか？」

「そう。姫路《ひめじ》城。プラモデル」

「あぁ」

「だから今日は店を手伝えないんだって。店と城、どっちが大事なのよって訊いたら、そりゃ城だろって。ぶっ飛ばしちゃおうかと思ったわよ」

六十六歳の貞秋さんをぶっ飛ばす六十三歳の滝子さん。いい。想像するだけで楽しめる。

その楽しい貞秋さん情報を聞いたあと、滝子さんに自分のことを伝える。

「あの、僕は十月いっぱいで田野倉をやめることになりました」

「え、そうなの？」

「はい」

「何で？」

「いずれ調理師試験を受けるつもりなんですけど、その前にほかのお店も経験しておこうと思って」

「あぁ。なるほど。田野倉には、どのくらいいた？」

「そろそろ一年です」

「もうそんなになるんだ？」

「はい」

「歳をとると一年なんてあっという間だからさ、そういうあれこれがわかんなくなっちゃうよ。映樹くんのほうが、長いよね？」

「ずっと長いです」

「どっちが歳上？」

「映樹さんです。四つ上ですよ」

「あら、そんなにちがうの。たまにしか会わない相手だと、そういうのもわかんなくなっちゃう。前にも訊いたような気がするけど、聖輔くんは今いくつだっけ」

「二十一です」

「二十一。いい時期ね。何でもできる」

「でき、ますか？」

「できる。やんなさいよ。プラモデルをつくるのは六十代でもできるから、二十代にしかできないことをやんなさい」

「何をやればいいですかね」

「それは自分で考える。時間はね、あるようでないよ。四十年なんてすぐに経っちゃう。気づいたら、できないことだらけになってる。そのときにあれをやっとけばよかったなんて思わなくてすむよう、がんばんな」

「がんばります」

「まあ、見た感じ、聖輔くんはがんばりそうだよ。問題は映樹くんだね」

「映樹さんも、これからがんばりますよ」

がんばるだろう。いずれ店をまかされるから、ではなく。何よりもまず、杏奈さんや生まれてくる子どものためにがんばるはずだ。

「ああいう飄々《ひょうひょう》とした子のほうが、案外うまくやるかもね。で、何、聖輔くんはいつまでいるって？」

「十月まではいます」

「そうか。じゃあ、最後に何かあげるよ。店のなかから気に入ったものを持っていきな。その豹の顔のやつとか、どう？　カノジョへのプレゼントに」

「カノジョはいないです」

「何だ、そうなの？　だったら、この一ヵ月でつくって、あげなよ。豹の顔」

うれしい。カノジョへのプレゼントではなくても、豹の顔のカットソーは、ちょっとほしい。何なら自分で着てもいいかもしれない。例えばお金をたかろうとしてきた人への威嚇《いかく》用に。

「お茶、もう一杯淹れようか」

「あ、いえ。もう戻らないと。ごちそうさまでした。いつもすいません」

滝子さんだけでなく、猫のぶぅにもあいさつをして、僕はおしゃれ専科出島をあとにする。いつにも増していい気分で。

この日の仕事は遅番。午後八時半まで。

終えると、おかずの田野倉を出て、アパートに帰る。

いつもの道を歩く。アパートへの最短距離となるはずのコースだ。

いつも鳥が留まっている街灯に、今も鳥が留まっている。八時半すぎなのに？　と驚く。足は止めずに上を見る。カラスではない。灰色っぽい、何だかよくわからない鳥だ。

やはり留まりやすいのだろうな、と思う。鳥にとってのその街灯は、僕にとっての砂町銀座商店街みたいなものなのだ。

鳥はいつも留まっている。でも同じ鳥がずっと留まりつづけてるわけではない。どの鳥も、いつかは飛び立つ。鳥取から飛んできた何だかよくわからない鳥のような男も、いつかは飛び立たなければならない。それを、ちょっと早くしただけだ。

何だ、その理屈、と苦笑する。そして、思いつく。

青信号で交差点の横断歩道を渡る。アパートへ帰るにはそこを右に曲がらなければいけないが、曲がらない。丸八通りをそのまま直進する。

パンツの前ポケットからスマホを取りだし、画面に触れる。文字を打ちこむのではない。通話。

青葉はすぐに出てくれる。

「もしもし」こちらがもしもしを返す前に言う。「柏木くん？」

「うん」

「わたしもかけようと思ってたの。ちょうどよかった」

「何？」

青葉は躊躇しない。あっさり言う。

「今年のクリスマスプレゼントにベースをあげてもいい？」

「え？」

「こないだ楽器屋さんで一緒に見たじゃない。あれ。ベース」

「を、くれるの？」

「そう。柏木くん、やっぱりベースを弾くのが似合うなぁ、と思って。いやだ？」

「いやじゃないけど。ベースって、結構高いよ」

「みたいね。調べた。わたしもお金ないから、そんなに高いのは買えない。柏木くんがどんなのが好きかもわからないから、そこは事前の相談が必要。サプライズみたいにはできない。いい？」

「いいっていうか、ダメなんて、言えるわけないけど」

「よかった。クリスマスはずっと先だから、それまでにお金も貯められる。で、柏木くんの用は？」

「あぁ。あのさ、これから会えないかな」

「これからって、これから？　今から？」

「うん。仕事が終わって、もう駅に向かっちゃってる」

「ウチに来るってこと？」

「どこかで会うだけでいいよ。ちょっと時間をくれればいい。例えばさ、都電荒川線の停留場まで来てもらったりは、できる？」

「だいじょうぶ」

「何だっけ、一番近いとこ」

「熊野前《くまのまえ》。降りてすぐのとこに熊野前郵便局っていうのがあるから、その前で待ち合わせる？」

「そうしよう。熊野前郵便局の、前。あらかわ遊園から歩いたときに通ったとこだよね？確か郵便局があった」

「そう。その郵便局」

「近くまで行ったら連絡するよ」

「お願い」

「じゃあ」

「じゃあ」

通話を終え、スマホをパンツのポケットに戻す。

会ってどうするの？とも、何か話があるの？とも青葉は訊かなかった。会うのをただ許してくれた。そのことがまずうれしい。

で、ベース。クリスマスプレゼントに、ベース。

何もかもあきらめなくても、いいんじゃない？と銀座の山野楽器で青葉は言った。言ってくれた。そしてこれ。何だろう。身が震える。店を継ぐことを、督次さんに言われたときみたいに。

四十年なんてすぐに経っちゃう、とおしゃれ専科出島で滝子さんは言った。そうかもしれない。

僕は二十一歳。急がなくていい。一つ一つだ。急がないが、とどまらない。そんなふうにやっていけたらいい。先は大事。でも今も大事。先は見なければいけない。でも今も疎《おろそ》かにしたくない。だって僕は、生きてる。

調理師免許をとって働く場所も決まったら、車の免許もとろう。それを青葉に言おう。

南砂町から東西線に乗る。

その時間の中野《なかの》行はもう混んでない。が、空いてるとまでは言えない。そこは東京。いつだって、人は動いている。

僕自身、ついつい勢いで動いてしまった。電車のなかで久しぶりに立ち止まり、少し冷静になって考える。

砂町銀座商店街のカフェで高瀬涼は言った。偶然再会してなければ僕が青葉と連絡をとることはなかったはずだ、と。確かにそうだ。それは事実。認める。

でもそんなことに意味はない。偶然だろうと何だろうと、僕は青葉と再会したのだ。それもまた事実。僕にとって重要なのはそれ。それのみ。

再会したときに、道を譲ってくれたことで柏木くんだと確信した、というようなことを青葉は言った。準弥くんにベースを譲ったことを話したときも、今の柏木くんが人にものをあげられるって、すごいね、と言った。見ようによっては、僕は映樹さんにさえ、何かを譲ったことになるのかもしれない。

大切なのはものじゃない。形がない何かでもない。人だ。人材に代わりはいても、人に代わりはいない。

道は譲る。ベースも譲る。店のあれこれも譲る。でも青葉は譲らない。譲りたくない。自分よりずっと上にいる相手にも。自分よりずっといい条件を示せる相手にも。

とはいえ、青葉の気持ちは尊重したい。ほかの何よりも優先したい。だから選択を強《し》いたりはしない。選ばれたら全力で受け止める。それでいい。

ただ、一つだけ。僕自身の気持ちを伝えるのは許してほしい。

〈今、町屋。これから荒川線に乗ります〉と青葉に送信する。

〈六分で着いちゃう。ダッシュ！〉と返信がくる。

そして七、八分後。熊野前郵便局の前には、ダッシュをかけたあとの青葉がいる。ほぼ部屋着、すっぴんに近い青葉だ。

「こんばんは」とふざけて僕に言ってくる。

申し訳ないが、そのあいさつはスルーする。

前置はなし。まずは要点を言う。

「ねぇ」

「ん？」

「おれは青葉が好き」

解説――「孤独」とは

女優・作家　中江有里《なかえゆり》

人はいつ「孤独」を知るのだろうか。

一説によると赤ん坊は産まれてしばらく、母親と自分は一体だと思っているらしい（もちろん本人に確認はできないけど）。

やがて成長すると、自身と母親が別の存在だと気づく。でもそれは孤独の始まりじゃない。生まれて間もないひとの命は、誰かの庇護《ひご》の下《もと》で育つものだから。

本当の「孤独」とは、自分を守ってくれる存在がない状態――つまり本書の柏木聖輔《かしわぎせいすけ》のような人を指すのだろう。

聖輔は二十歳《はたち》にして天涯孤独だ。遠い親戚のおじさんはひとりいるけど、とても頼れる相手ではない。

そんな彼が砂町銀座《すなまちぎんざ》の商店街の一角にある「おかずの田野倉《たのくら》」で働き始め、段々と自分の行く先を定めていく。

きわめてシンプルだが、誰の人生にもあらわれる大切な岐路《きろ》を描いている。

たとえば学校、仕事、時にパートナー……何かを選びとる瞬間は、人生に何度か訪れる。

しかし聖輔の選択肢は少ない。親を失い、経済的にも困窮《こんきゅう》し、大学も辞めてしまった。現実問題、お金のあるなしで人生の選択肢は限られる。人生という物語は、思うほどドラマティックにいかない。

柏餅《かしわもち》の柏に木に聖徳太子《しょうとくたいし》の聖に車偏の輔――聖輔が自分の名前の漢字をこう説明する。本書では他の登場人物もフルネーム、すべて漢字に変換される。名前は一番短い物語だ。名づけ親は名前にどんな漢字を当てるか、あるいはひらがなやカタカナにするか、姓と名のバランスも考えるだろう。本書では名前をとても大切に扱う。

――ここに出てくるひとの物語を誰一人疎《おろそ》かにはしない、という姿勢だと感じた。

聖輔の姓は「柏木」だが、亡くなった父・柏木義人《よしと》の母が離婚して旧姓に戻ったから「柏木」。もし結婚が継続していたとしたら「柏木」ではなかった。そのことが人生にどう影響するかはわからないが、少なくとも父は一度姓が変わる経験をすることで、自身の結婚の時に何か考えることがあったのではないかと推測する。

東京で再会した高校の同級生・八重樫青葉《やえがしあおば》は、現在井崎《いざき》という姓になっていた。のちに青葉は親の離婚と再婚で二度目の改姓をしていたと知る。

住んでいる地域や親族、そして姓の変更は、家族構成の変容を表す。

余談だがわたしの親は離婚し、わたしと妹を引き取った母は姓を元に戻さなかった。だからわたしの姓は変わらなかった。その後母は再婚し改姓した。わたしたちも自ら養子縁組を望み、父の姓へと変わった。

一方、名は基本的に変わらない。名には名づけ親の願いや祈りが込められている。「柏木聖輔」という姓と名に願いを託した両親は亡くなった。親がなくとも聖輔の人生は続く。自ら学生を辞めた彼は社会人として生きる道を選んだ。

いうなれば大海へ小舟で乗り出すようなものだ。行く当てなどどこにもないまま、オールを漕《こ》ぐ手を止めることもできない。波に阻《はば》まれながら、転覆《てんぷく》しないように慎重に進んでいく……。いつしか柏木聖輔という小舟の行方《ゆくえ》から目が離せなくなっていく。

それはあまりに彼が実直であるから。

自分の家族、友だち、関係者が実直なひとであれば信頼できるし、付き合いも長く続くだろう。そして自分も同じく実直でありたいと思う。

すれ違うひとに道を譲る、順番を譲る、聖輔のようなひとばかりなら社会は平和だ。しかし現実は「我先に」となることも多い。相手の出方を計りながら、表面上は平静を装って、誰かの抜け駆けを見張っている。

また、ひとを利用して勝ち抜けようと考える輩《やから》は、聖輔のような人間からあらゆるものを奪い取ろうともするだろう。

「勝ち抜けよう」と書いたが、人生の勝ち負けにはっきりとした目安はない。ではよく聞く「勝ち組」「負け組」とは何だろう。

裕福な家で育ち、充分な教育を受け、進学、就職……という順風満帆《じゅんぷうまんぱん》な人生を「勝ち組」と呼ぶなら、両親を失い、大学を辞めた聖輔は「負け組」かもしれない。

「銀のスプーンをくわえて生まれる」そんな言い方もあるが、持てる者は最初から勝ち抜ける可能性が高い。本書でいうなら高瀬涼《たかせりょう》は「勝ち組」だ。青葉曰《いわ》く、「頭が良くて悪い人でもない」

そんな高瀬を「無理に言うなら、高位にいる善人ゆえの鈍感《どんかん》さ」と聖輔は許す。

でも、本当に人生に勝ち負けなんてあるのだろうか。

幸せそうに見えるひとが必ずしも幸せだとは限らないし、持たざる者が不幸せと決めつけるのも早計過ぎる。

世間的に見れば聖輔は不幸な身の上と見られるだろう。自分に降りかかった現実を受け止めて、限られた選択肢から将来を決めている。しかし聖輔は選択肢が少ないことすら嘆《なげ》かない。

言い方を変えれば、聖輔は与えられた環境で生きる、あるいは生かされている。こういう心境になれたら「奪う」「勝ち抜く」という考えはなくなりそうだ。生きるとはそれだけでラッキーなできごと。その前提に立てば、生に対していくらか謙虚《けんきょ》でいられる。翻《ひるがえ》って言えば「生きる」とは生きることを許された状態だ。

——誰に？　大げさに言えば「天」に。

ひとの命は最終的に天に任せるしかないのだ。聖輔はそのことを言葉でも理屈でもなく、わかっているのかもしれない。

人生はいつ終わるかわからない。両親の死は命の真実を示している。身をもって人生の無常を知った聖輔は生かされた自分の人生を自分なりに全《まっと》うしようとしているのだろう。

冒頭の「孤独」に戻るが、聖輔は不幸なできごとによって「孤独」になったが、似たようなことは誰の人生に起きてもおかしくはない。

ただ、遠く離れた場所でひどい自然災害が起きても、自分の身に起きなければ実感は得られない。誰かの不幸に同情しても、いつしか忘れてしまう。

本書は聖輔の視点で進行するが、読者は聖輔と同じ「持たざる者」の気持ちに寄り添っていく。

そのうち聖輔は父が働いていた料理店を捜し、父と同じ料理人の道を選んでいく。そして順番も道も譲る聖輔が、唯一《ゆいいつ》譲れないひとを見つける。その決意は夜の月明かりのように、行くべき先を照らしてくれる。

実直な聖輔の言動を見ていると「こうありたい」と思う。でもそうなれる自信はない。持っているだけが幸せでないとわかっていても、欲しいものは手に入れたくなるし、所有した瞬間の満足感はたまらなく魅力的だ。いずれ飽きることはわかっているのに。

でもできるなら、孤独でありたい。それは自ら選んだ孤独でありたい。

孤独は人生において本当に大切なものを浮かび上がらせる。孤独は自分との対話を促《うなが》し、孤独は自分に問いかける。その時間が孤独を深め、さらに孤独な時間を研《と》ぎ澄《す》ましていく。

独りだから、そばにひとがいるありがたさを知る。

本書は柏木聖輔の成長譚《せいちょうたん》であり、孤独を具現化した小説でもあるのかもしれない。

この物語はフィクションです。
登場人物、団体等は実在のものとは一切関係ありません。
この作品『ひと』は平成三十年四月、小社より四六判で刊行されたものです。

一〇〇字書評

切り取り線

ひと

購買動機（新聞、雑誌名を記入するか、あるいは○をつけてください）

□（　　　　　　　　　　　　）の広告を見て
□（　　　　　　　　　　　　）の書評を見て
□ 知人のすすめで　　　□ タイトルに惹かれて
□ カバーが良かったから　　　□ 内容が面白そうだから
□ 好きな作家だから　　　□ 好きな分野の本だから

・最近、最も感銘を受けた作品名をお書き下さい

・あなたのお好きな作家名をお書き下さい

・その他、ご要望がありましたらお書き下さい

住所	〒				
氏名		職業		年齢	
Eメール	※携帯には配信できません	新刊情報等のメール配信を 希望する・しない			

この本の感想を、編集部までお寄せいただけたらありがたく存じます。今後の企画の参考にさせていただきます。Eメールでも結構です。

いただいた「一〇〇字書評」は、新聞・雑誌等に紹介させていただくことがあります。その場合はお礼として特製図書カードを差し上げます。

前ページの原稿用紙に書評をお書きの上、切り取り、左記までお送り下さい。宛先の住所は不要です。

なお、ご記入いただいたお名前、ご住所等は、書評紹介の事前了解、謝礼のお届けのためだけに利用し、そのほかの目的のために利用することはありません。

〒一〇一 - 八七〇一
祥伝社文庫編集長　清水寿明
電話　〇三（三二六五）二〇八〇

祥伝社ホームページの「ブックレビュー」からも、書き込めます。

www.shodensha.co.jp/
bookreview

祥伝社文庫

ひと

令和 3 年 4 月 20 日　初版第 1 刷発行
令和 6 年 8 月 30 日　　　第 27 刷発行

著　者　小《お》野《の》寺《でら》史宜《ふみのり》
発行者　辻　浩明
発行所　祥伝社《しょうでんしゃ》
東京都千代田区神田神保町 3-3
〒101-8701
電話　03（3265）2081（販売部）
電話　03（3265）2080（編集部）
電話　03（3265）3622（業務部）
www.shodensha.co.jp

印刷所　萩原印刷
製本所　ナショナル製本
カバーフォーマットデザイン　芥 陽子

Printed in Japan ©2021, Fuminori Onodera ISBN978-4-396-34718-5 C0193